고맙다 사랑, 그립다 그대

우리가 잊어버린 사랑을 찾아 떠나는 감성 여행

고맙다 사랑,
그립다 그대

초판 1쇄 발행 | 2014년 2월 14일
초판 3쇄 발행 | 2016년 3월 21일

지은이 | 김현

발행인 | 김태진, 승영란
편집주간 | 김태정
마케팅 | 함송이
경영지원 | 이보혜
디자인 | Design co*KKIRI
출력·인쇄 | 애드플러스
펴낸 곳 | 에디터
　　　　　서울특별시 마포구 공덕동 105-219 정화빌딩 3층
　　　　　전화) 02-753-2700, 2778
　　　　　팩스) 02-753-2779
출판등록 | 1991년 6월 18일 제313-1991-74호.
값 13,000원

ISBN 978-89-6744-037-4　03800

우리가 잊어버린 사랑을 찾아 떠나는 감성 여행

고맙다 사랑, 그립다 그대

Thank you & miss you, my love

김현 지음

사랑을 앞둔, 사랑하고 있는, 사랑으로 아파하는 이들에게!

절실한 사랑이 그리웠다

요즘 들어 사랑이 이처럼 흔해진 시대가 언제 또 있었을까 하는 생각이 자주 듭니다. 컴퓨터를 켜도, 스마트폰을 들어도, TV 속에서도, 많은 연인들에게서도 사랑은 넘쳐 납니다. 하지만 흔해진 것도 문제이지만 변질되어 버린 것도 사랑이라며 한숨을 쉬곤 합니다. 사랑의 기쁨, 사랑의 슬픔마저도 시대에 따라 달라지고 사랑의 무게도 너무 가벼워졌습니다.

아름다운 사랑을 전하는 뉴스보다는 자극적인 내용 일색인 뉴스가 판을 치고, 애틋하고 지고지순한 사랑을 그린 웹툰이나 음악보다는 지극히 상업적인 미디어가 다수입니다. TV에서는 잘못되고 해서는 안 될 사랑이 사람들의 시선을 고정시키고, 일부 연예인들은 사랑에는 조건과 재력이 우선이라는 듯한 모습도 우리에게 비쳐 줍니다. 젊은 연인들의 사랑을 지켜보아도 마치 반쯤은 거래를 하는 듯한 모습입니다.

감성이 메말라 버린 시대, 순수함이 유치함이 되어 버린 시대를 우리는 살고 있습니다. 사랑의 주기는 너무나 짧아졌고, 더불어 믿음마저도 옅어진 불신의 시대입니다. 가슴 저린 사랑은 언어 영역 교과서에서나 찾을 수 있을 만큼 삭막해졌습니다. 스마트폰 메시지로 아름다운 시구를 보내면 손발이 오그라든다는 답장도 받습니다.

제가 젊은 날 사랑을 하며 느끼고, 슬퍼하고, 기뻐했던 순간의 장면들을 적었습니다. 기교 따위는 없이 가슴에서 그때그때 스며 나오던 느낌을 모아 나열해 보았습니다. 한때 절실한 마음으로 보냈던 이메일이나 기념일에 선물과 함께 건네준 짧은 메시지도 있고, 이별 후에 헤어진 연인이 읽어 보라고 올렸던 SNS의 글, 카페 게시판 글도 함께 모았습니다.

저를 아는 분들은 더러 카운슬링을 부탁합니다. 자신의 입장에서 메시지를 적어서 연인의 마음을 되돌려 달라기도 하며, 마음을 움직이는 애틋한 연애편지를 대신 써 달라는 부탁과 함께 식사 한 끼를 대접받기도 합니다. 친한 선배와 차 한 잔 앞에 두고 마주 앉아 그의 이야기를 들으면서 공감하고 고개를 끄덕여 주는 마음. 이 책을 보시는 분들도 그런 마음이었으면 합니다.

사랑하고 있는 사람들에게는 한 장의 행복을 선물하고, 사랑으로 아파하는 사람들에게는 한 번의 희망을 선물하고, 지금 사랑을 앞에 두고 있는 사람들에게는 한 줌쯤 힘이 나는 출발을 선물하고, 한때 사랑했던 사람들에게는 한 방울 핑 도는 눈물을 감히 선물했으면 합니다. 누군가에게 사랑이 오고 사랑이 멈추더라도 그런 추억이 담길 영원함을 선물하고 싶은 마음입니다. 사랑으로 힘겨울 때 한 번 더 넘어서길 바라는 마음입니다.

책의 출간을 허락해 주신 귀하고 오랜 인연인 승영란 대표님과 처음부터 책이 나오는 순간까지 함께 고심하여 주신 김태진 대표님, 생애 마지막 날까지 이 책을 간직하겠다는, 제가 못내 사랑하는 사람에게도 더없는 감사의 마음을 전합니다.

김 현

chapter 1 Beginning

START

지하철을 타면 많은 사람들이 스마트폰을 들고
모바일 게임에 열중하는 것을 지켜보고는 해.
아쉬움에 한숨을 쉬기도 하고, 오늘 드디어 기록을 깬 것인지
탄성을 지르기도 하는 사람들.
게임에 열중하다 보니 어느새 레벨업을 했는지
스마트폰 화면을 바라보며 흐뭇한 미소를 짓는 사람들도 보게 돼.
그 작은 화면만 바라보면서도 온갖 희로애락을 느끼는 사람들……
내게는 그대도 그래. 그대를 보면 눈을 뗄 수 없고,
시선을 딴 데로 돌리지를 못해.
그대에게 이르는 길에서 충분히 넘을 수 있는 어려움에도
먼저 세상이 무너진 듯 한숨을 쉬고,
그대가 주는 아주 작은 보상에도 나는 탄성을 지르고 기쁨에 겨워하며,
그대가 불러 주는 호칭이 달라지기라도 하는 날엔
세상 그 어떤 위대한 상을 받은 사람보다 더 흐뭇한 미소를 짓지.
그러게 말야. 그대에게 꽂혀 스타트 버튼을 누르고
레벨업을 향하는 것은 정말 잘한 일이야.
마지막 레벨까지 한번 가 보자구. 어지간해선 지지 않을 거야.

그대라는 사람

욕실에서 넘어져 멍이 들었습니다.
아픈 것보다, 다친 것을 확인하기보다, 쿵 하고 넘어진 순간부터
정신을 차리고 나서까지 그대 얼굴이 머릿속에서 빙글빙글 돌았습니다.
또 참 많이 당신이 보고 싶었습니다.
내가 만약 다치기라도 했으면 한달음에 달려왔을 그대라는 생각에
혼자 흐뭇해 웃기도 했습니다.
나를 사랑해 주는 사람, 걱정해 주는 사람이 있다는 것이
얼마나 커다란 기쁨이고 행복인지 넘어져 다치면서 알았습니다.

그대도 아플 때나 다쳤을 때 아픈 것보다 내 얼굴이 먼저 떠오르는지요?
내 생각이 먼저 나는지요?
멍든 다리를 어루만지며 나 생각합니다.
그대라는 사람이 있어서 나는 참 잘 살고 있습니다.

1Round

가식의 옷은 벗고 솔직함만 입고서 준비합니다.
마음의 체중을 줄여 부담은 가뿐히 덜어 내고,
오랜 시간을 위해 참을성 기르기에 힘쓰며,
상대방 파악과 연구에 몰두하여 자신감을 갖고서
땡! 하고 시작을 알리는 소리가 들려오면
내 모든 걸 걸고서 멋진 사랑 한번 해 봅시다.

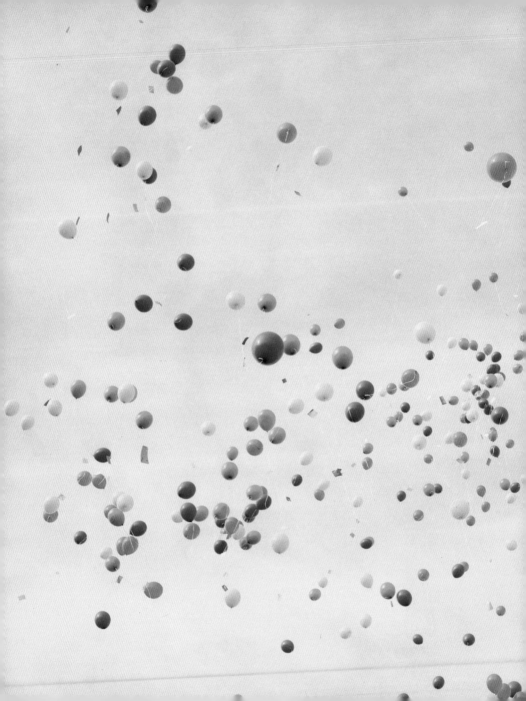

약속 시간 이르게

약속 시간 이르게 나를 만나러 나와
약속 장소에 서 있는 그대의 웃음을 보았습니다.
이처럼 해맑게 웃는 그대를 아프게 하지 말고,
눈물 흘리게 하지 말아야겠다고 생각합니다.
나를 만날 생각에 그대는 그토록 즐거워 웃음을 지었던 것일까요?
나를 보기 전에도 그대 모습은 참으로 행복하고 편해 보입니다.
오늘 우리 함께한 이 시간, 땅에 발을 디뎌도 구름 위를 걷는 듯합니다.
참 모질고 살아가기 험한 이 세상, 그대 하나 있음에 가슴 벅차오릅니다.

사랑의 마음

알면서도 모르는 척하는 게 세상에 어디 있냐고 묻습니다.
알면서도 당해 주는 게 무엇이냐고 또 내게 묻습니다.
모르면서도 아는 척하는 게 왜 그러냐고 내게 묻습니다.
당하면서 즐거우냐고, 너 바보냐고 내게 묻습니다.
그건 사랑의 마음입니다.
알아도 모르고, 알면서도 당하는 게 즐거운……
사랑의 마음입니다.

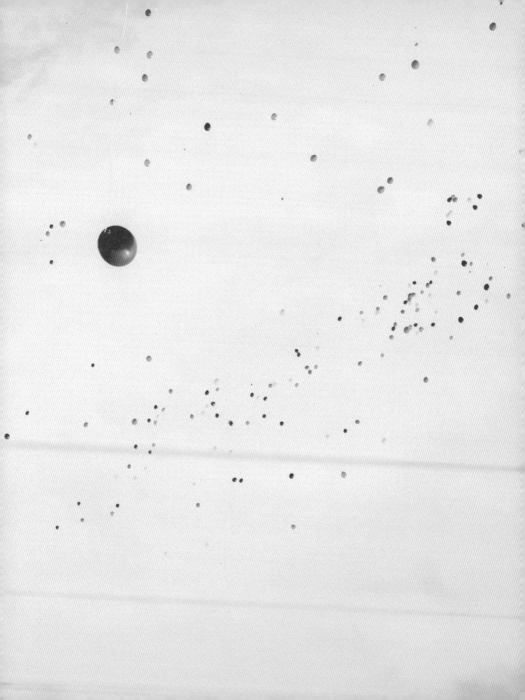

우리 인연

우리 인연이 닿지 않았으면 어찌할 뻔했을까요?
그대의 그 깊은 시름과 많은 상처들,
누가 헤아려 주고 어루만졌을까요?
내가 아닌 다른 누군가가 그대를 감싸 안을 수 있었을까요?

우리 연인이 되지 않았으면 어찌할 뻔했을까요?
며칠 밤을 새워도 모자라는 그대의 많은 얘기들,
누가 귀 기울여 주었을까요?
나 아니면 그 어떤 누가 감히 그대를
이처럼 로맨스 영화의 주인공처럼 애틋하게 사랑할 수 있었을까요?

그때 사랑이었습니다

함께 산을 올랐다 내려오는 길에
내 흙 묻은 신발을 개울물에 깨끗이 씻어 주며
발까지 씻겨 주겠다던 그대. 그때 사랑이었습니다.

열대야에 에어컨을 켜고 잠을 청하는데
아무리 날씨가 더워도 배는 반드시 덮어야 한다며
여름 이불을 살포시 덮어 주던 그대. 그때 사랑이었습니다.

당신이 아팠던 날, 죽을 사서 집 앞에 갔을 때에
맨 얼굴에 반쪽뿐인 눈썹이라 당황하던 내게
다짜고짜 뽀뽀하던 그대. 그때 사랑이었습니다.

첫눈 내린 날, 코트 주머니에 캔커피를 넣고 있다가
나를 보자마자 내 두 뺨에 갖다 대며
첫눈처럼 시리게 웃던 그대. 그때 사랑이었습니다.

이제는 너무 편한 사이가 된 탓에 처음 만난 예전처럼
애틋하지도 눈물겹지도 않지만, 잔소리와 투정이 부쩍 많아진 사람이지만
그 많은 사연을 함께 가진 내 소중한 사람.
그래서 지금 이 순간은 더 큰 사랑입니다.

인생 역전

인생 역전이라는 말은 나와 상관없는 줄 알았습니다.
하지만 그대를 만난 뒤 인생 역전이 어떤 것인지 알게 되었습니다.
새로운 일상, 새로운 세상, 무엇 하나 예전 같지 않은 전혀 새로운 나.
내 인생은 이제 완결판 블록버스터 인생 역전 드라마입니다.

그대만 있으면

건널목에서 파란불이 켜져 길을 건너는데
차 한 대가 신호등을 무시하고 달려들었습니다.
그대와 걷던 나는 본능적으로 그대를 낚아채어
내 등 뒤로 안전하게 숨겼습니다.
급정거한 그 차의 운전자에게 욕을 퍼붓는 사람들의 말소리가
어렴풋할 만큼이나 나는 정신이 없었습니다.

멍하니 말 한마디 못한 채 건널목을 건너오니
그제야 그대도 내게 말을 해 옵니다. 감동이었다 말합니다.
여전히 멍한 정신 속에서도 내게 사랑은 그러하다 말했습니다.
내겐 그대만 있으면 된다 말했습니다.
나는 어찌 되어도 상관없다고 했습니다.

고백의 만국 공통어는 '사랑해'

오랫동안 고민하고 마음의 결정을 번복하기를 수십 번.
하루에도 몇 번씩 그대 생각을 했고, 만나자는 약속을 할까도 싶었어요.
휴일이면 모든 걸 제쳐 두고 그대를 만나
즐거운 시간을 보내고 올까도 생각했습니다.

그대의 고백은 지금도 늘 내 명치 부분에 딱 걸려 있습니다.
그곳에 깊이 박혀 옴짝달싹하지도 않는 그대 고백의 그 메아리.
우물쭈물하던 그대의 고백에 너무도 담담하고 무심했는데 말이지요.

생각해 보면 너무나 간단한 문제입니다.
그대 소원 한번 들어주면 되는 것을.
아직 늦지 않았으니 '그래요. 그대 뜻대로 우리 만나요.'
한마디만 하면 되는 것을.
그러면 나는 그대에게 가장 소중하고 귀한 사람,
평생 고마운 사람이 되는 것을.
나를 사랑한다는 그대에게서
보석 같은 귀한 사랑도 듬뿍 받으며 좋은 기분으로 살고,
그리 원하던 사랑을 얻은 그대는
나로 인해 매일매일 기쁨으로 가득 차겠지요.

허나 나는 그대와의 미래를 한 번도 생각해 보지 않았다고,

자신이 없다고 했습니다.
그대가 나를 만나 많이 행복해하면
'저렇게 나를 사랑하는데……' 하며 한숨지을 것 같고,
나를 만나 화내거나 서운해하면
'저렇게 마음 아파하는데……' 하며 힘들 것 같다고 했지요.

내게 고백하고선 이내 체념해 버린 그대.
한번 거절당했다고 세상을 다 잃은 표정을 지은 그대.
그래도 내게 한번 더 열정을 내보일 수는 없었던 건지요?
내 어찌 한번 거절에 모든 걸 다 놓아 버린 듯 사는
그대를 믿을 수 있을는지요.

나와 함께 있으면 기분이 참 좋다는 말처럼
이기적이지 말고 '사랑한다'고 했어야죠.
맛있는 음식 먹을 때, 사는 게 힘들 때,
내 생각이 난다 말고 '사랑한다'고 했어야죠.
지금이라도 그대에게 알려주고 싶지만
꾹 참고 당신을 한번 기다려 보렵니다.
고백의 만국 공통어는 '사랑해'라고 알려주고 싶지만
체념한 그대가 괘씸해서 참고 있습니다.

밥은 먹었어?

걱정해 주는 문자 한 통에 눈물지었다며
내게 말하던 그런 그대였습니다.
지나치다 꽃이 예뻐서 무슨 날도 아닌데
꽃다발을 흔들며 건넬 때 감동하던 그대였습니다.
술에 취해 흐린 목소리로 내가 무슨 복이 있어
이처럼 좋은 사람을 만났냐며 울던 그런 그대였습니다.

하지만 시간이 지나며 내 사랑에 무덤덤해진 그대가
지금은 살짝 야속하기도 합니다.
내 마음 다 알면서 모르는 척하는 거라며
얄미워서 투덜대며 이기적이라고 투정도 합니다.
마침 그런 생각으로 속이 끓을 때면
꼭 귀가 가려운 그대에게서 전화가 옵니다.
그대의 첫마디, "밥은 먹었어……?"
우리 참 정들었나 봅니다. 우리 참 오래 만날 거라 생각합니다.

따뜻하겠습니다

계절이 이처럼 금세 변하는 걸 예전엔 미처 몰랐네요.

이처럼 차가워진 날에 창문을 열고 바람을 맞으니 마음이 두근거립니다.

이제 그대에게 온전히 따뜻할 날들이 온 거라는 마음에 설렙니다.

지난여름보다 더 따뜻한 내 마음,

제대로 그대에게 전해질 거란 생각에 즐겁습니다.

이제 무조건 따뜻하겠습니다. 그대, 따뜻하게 꼬옥 안아 주겠습니다.

TALK

시시때때로 그대에게 전화를 겁니다.
스마트폰 TALK 어플로 간단히 전할 수 있는 내용도 전화로 할 때가 많습니다.
이쁜 그대 목소리를 듣는 게 좋고, 따스한 말투로
서로 안부와 일상을 주고받는 것이 참 좋습니다.
통화 중에 내가 싱거운 농담을 했을 때, 어이가 없어서
그대가 웃어 줄 때도 나는 참 행복하기에 전화를 합니다.

TALK으로 대화가 길어지면 분명 보내는 사람은 그대인데
무언가 허전해 '전화할게' 하고 TALK을 보냅니다.
가끔 그대와 장문의 TALK을 주고받습니다.
종이에 쓰는 연애편지 대신 서로 장문의 TALK으로 마음을 주고받습니다.
스크롤을 넘겨도 모자라 전체 보기로 읽어야 하는 TALK도 우리는 자주입니다.

가끔씩 TALK으로 좋은 시를 보내던 내가 오히려 얼마 전엔 TALK으로
그대에게서 한용운의 '인연설'을 받았을 때는 기분이 참 좋았습니다.
전화 통화 대신 주고받는 TALK이 아닌 우리의 마음이
항상 오고 가는 TALK이어서 참 기분이 좋습니다.
우리의 마음을 빨리 전해 주는 TALK이라서 참 기분이 좋습니다.

행복한 핑계

"연극표 두 장을 친구가 줬는데 이번 주말에 별일 없지?"
"집에서 빨리 들어오라 한다 하고 이제 자리 좀 비켜 주었으면 해."
"일이 많이 밀리고 바빠서 오늘 집에 늦게 갈 것 같아요."
"가족과 중요한 약속이 있는데 오늘 일찍 나가 봐도 괜찮겠습니까?"

그대를 만나고부터 친구에게, 가족에게, 동료에게,
심지어 그대에게도 행복한 핑계가 참 많아졌습니다.

찬연한 빛의 그대

그대를 지금껏 만나며 더욱 그대를 사랑하게 되는 것은
그대가 있어 내가 점점 빛나기 때문입니다.
나의 사람들에게 더 빛이 나게 해 주기 때문입니다.

세상에서 빛을 잃어 가던 내가 지금은
아주 멀리서 보아도 빛을 내고 있습니다.
사람들이 그대를 칭찬하면 나는 더 밝은 빛을 냅니다.
그대가 웃을 때면, 기쁠 때면 나는 더욱더 빛을 발합니다.
찬연한 빛의 그대. 나는 그 빛으로 살아갑니다.

기특한 잠결

차 안에서 잠든 내 모습을 보면서 그대는 내가 참 예뻤다고 합니다.
이상하게도 그대 옆에 앉거나 그대 곁에 누우면 잠이 쏟아집니다.
그대를 만나기 위해 겪었던 세월들의 지침이
당신 곁의 잠으로 내려앉나 봅니다.

잠든 내가 기특하다고 했었던가요? 나 스스로도 참 기특합니다.
참으로 많고 많은 사람들 중에 어찌 내가
이처럼 참 좋은 그대를 찾아왔는지,
찾아와서는 곁에서 잠이 들고 있는지 참 기특합니다.
그대 곁에서 잠이 들면 참 편안합니다. 자면서도 참 기특한 잠결입니다.

검색 클릭

세상이 나에게 어디 관심이나 있었답니까!
세상이 나에 대해 얼마나 알려고 했었답니까!
하지만 그대는 내 마음을 분석하고 다른 이와 비교도 하며,
내 말 한마디도 아주 골똘히 생각하고 나의 모든 것을 궁금해하며,
참 고맙게도 하루에도 몇 번씩
그대 마음의 검색창 맨 위에 내 이름을 올려놓습니다.

참으로 고마운 그대 마음으로부터의 클릭, 혹은 터치, 그리고 캡처.

그리운 것들

그리운 것이 참 많거든. 그대를 만나기 전엔 못했던 것들.

예를 들면 말이야,

놀이동산에서 솜사탕 들고 걷기, 가을 수목원에서의 낙엽 던지기,

함박눈 쌓인 거리에서 나 잡아 봐라, 한강에서의 물수제비 뜨기라든가

편의점 앞의 뽑기 기계에 용돈 털리기.

그리고 말이야,

한밤중의 평온한 운동장이라든가

코를 막을 수밖에 없는 동물원 냄새라든가

허리를 접을 만큼이나 유쾌하게 웃는 일.

가능하다면 줄곧 그대와 함께 느끼고 싶어.

chapter 2 Happiness

Happy Ending

애니메이션을 보면 현실에서는 친구가 될 수 없는 동물들이 단짝으로 나오곤 합니다.
항상 그들에겐 사건이 생기고, 쫓고 쫓기며 당하고 당해 주고,
결국은 힘을 합해 문제를 해결하는 것도 보게 됩니다.
아니 일방적으로 끝나는 사건이라도 결론은 모두 해피 엔딩입니다.

우리와 닮았습니다.
전혀 어울릴 것 같지 않은, 어찌 만났을까 생각해도 의문스러운 우리가 만나
항상 티격태격 싸우고, 삐지고 화해하며 그 무섭다는 미운 정이 들고,
어느 한쪽이 일방적으로 깨지는 날도 결국 마주 보며 웃고 마는 우리이니까요.
끝판 대장을 만나도 아마 걱정 없을 겁니다.
우리도 해피 엔딩일 테니까요.

맛있게 드십시오

당신이 먹고 싶다는 것을 직접 해 줄 때가 있습니다.
정성껏 시장을 보고, 재료를 씻고 다듬어 당신이 오기 전까지 음식을 만듭니다.
그런데 당신은 오자마자 내가 만든 음식을 보며 늘 같은 말을 하지요.
식당에서 사 먹으면 되지 왜 이처럼 애써서 만드냐고, 사 먹는 게 오히려 돈이 덜 들겠다고.

그 말 맞습니다.
오래 끓인 육수에 조미료 없이 국물을 내고, 싱싱하고 깨끗한 재료만 썼습니다.
식당에서 만들어 파는 음식값보다 재료값이 비싸고, 손도 많이 갔습니다.
좋은 재료로 만든 음식 맛이 어떤지요? 아마 두고두고 생각날 것입니다.

당신을 향한 내 사랑도 그러합니다.
싱싱한 마음, 좋은 결심으로 나를 깨끗이 다듬고 정성을 담아
당신 앞에 펄펄 끓여 내어놓았습니다.
당신에게는 좋은 것만 대접하고 싶습니다.
맛있게 드십시오. 당신을 향한 나의 담백한 사랑도.

바람

우리는 다른 사람들보다 아름다웠으면 해요.

세상의 욕심일랑 조금만 부리고, 주위를 둘러보며 베풀고 나누며 살았으면 합니다.

잘난 사람들 시샘하지도 말고, 돈 많은 사람들 부러워하지도 말며,

모나지 않게, 지치지 않게, 둥글게, 느리게 살았으면 좋겠습니다.

눈물이 나면 억지로 참지 말고, 화가 치밀어 오르면 꾹꾹 눌러 담지 말고

새벽 옥상에 올라가 함성으로 내보내구요.

한 편 영화처럼, 한 줄 시구처럼 애틋하고 깨끗하게 살았으면 참 좋겠습니다.

나, 그리 노력하겠습니다. 그대 이름 석 자, 내 이름 석 자. 함께 걸어도 되겠지요?

은근한 기대

큰 기대는 하지 않는다 말해요. 하지만 은근한 기대를 걸고 있죠.

잘 될 것 같은 예감, 그 예감 하나로 인해 나의 모든 일마저 잘 풀리고 있어요.

하긴 은근한 기대만큼 말뜻과는 달리 강렬한 것이 또 어디에 있을까요?

그대에 대한 은근한 기대가 빛나게 모여서 내 머릿속엔 화려한 미래가 팡팡 펼쳐집니다.

그대라는 우주

그대라는 사람, 그저 그렇게 지나칠 뻔했지요.

나와는 어울리지 않는다고, 다른 세상 사람이라고 그저 달리 살아갈 거라 했는데.

나와 마주치는 그 짧은 찰나 웃으며 내 볼에 손을 갖다 댄 순간,

그대라는 우주에서 내게 교신을 보내왔습니다.

먼 우주에서 온 그대. 웃음 한 번에, 손길 한 번에 내 모든 기능이 멎었습니다.

나는 아직도 불시착입니다.

그대라는 우주, 그 넓은 땅, 그 깊은 바다, 그 푸른 들판에서.

그래도 그런 그대

그렇고 그런 사람들을 만나서 그렇고 그런 이별하며 살았습니다.
그렇고 그런 만남이 있었고, 그렇고 그런 배신도 있었으며, 그렇고 그런 슬픔도 있었습니다.
내가 그렇고 그랬기 때문에 당연히 그렇고 그랬다 여겼습니다.

그러다 그렇고 그런 내가 그렇지 않은 그대를 만났습니다.
그렇고 그런 갈등이 있을 줄 알았고, 그렇고 그런 다툼이 있을 줄 기다렸고,
역시 그렇고 그렇게 흘러갈 줄 알았는데 그렇고 그런 일은 없었습니다.

그대는 그렇고 그런 내 체념의 마음을 그래도 그런 마음으로 바꾸었습니다.
그렇고 그런 나를 선택해 준 그래도 그런 그대.
인생은 다 그렇고 그런 거지 하면서 살아온 내게
그대는 단어 하나를 바꾸어서 나를 일깨웁니다.
인생은 그래도 그런 거지. 살 만한 인생, 해 볼 만한 사랑으로 바꾸어 줍니다.

길에 핀 꽃

길에 아무렇게나 피어 있는 꽃을 보면 나 같습니다.
잔바람에도 이리저리 흔들리면서 그 와중에도 '나 좀 봐 줘요' 하는 길에 핀 꽃.
꽃다발도 되지 못할 주제에 화려한 척 그대에게 이목을 받고 싶어 안달하는 길에 핀 꽃.
참으로 나 같습니다.

끈이 풀린 운동화

아주 오래전에 친구와 함께 만났던, 호감을 가져 연락은 했었지만
지금은 얼굴조차도 잘 떠오르지 않는 사람.
그럼에도 단 하나의 장면만큼은 아직도 잊히지가 않고
좋은 사람과의 추억으로 남아 있습니다.

길을 가다 내 운동화가 벗겨지면서 끈이 풀어졌을 때
주저 없이 직접 신겨 주고 그 끈을 묶어 주던 사람.
거듭 괜찮다고 해도 쪼그리고 앉아 끝끝내 리본 모양으로 예쁘게 완성시켜 주던 기억.
그 하나만으로 내게 평생 '좋은 사람'으로 기억되는 사람.

지금도 길을 가다 신발 끈이 풀어지면 그때 그 사람이 생각나
풀어진 신발 끈을 리본 모양으로 매곤 합니다.
손 더러워진다는 내 말에 손은 씻으라고 있는 거라던 그 사람 말이 새삼 떠오르는군요.
신발 끈 잘 동여매고 행복하게 잘 살고 있겠지요? 그 사람…….

좋은 말

어느 방송에서 하얀 쌀밥을 두 병 속에 넣고서
한쪽 병엔 좋은 말을, 다른 한쪽 병엔 나쁜 말을 하는 실험을 했습니다.
사랑해, 예뻐요, 좋아요 같은 좋은 말을 한 병에서는
한 달이 지난 후에 그 안에 하얀 누룩이 피어 구수한 냄새가 났고,
짜증 나, 보기 싫어, 지겨워 같은 나쁜 말을 한 병에서는
한 달이 지난 후에 시커먼 곰팡이가 피어 악취가 났습니다.

당신에게 내가 하는 좋은 말들, 이쁜 말들이 우리를 행복으로 이끌어 가고,
당신에게 내가 나쁜 말을 하고 화를 낸다면 그 말들이
우리를 불행으로 몰고 갈 것임은 이미 잘 알고 있었지만
쌀밥의 변화를 보고 나니 더 많은 생각이 듭니다.
당신에게 다그치고 불평을 했던 내 자신을 반성하게 됩니다.
당신이 내 앞에 있을 때 좋은 말만 하고, 내 곁에 없을 때에도
당신을 위하여 축복하며 응원하며 기도하겠습니다.

사랑합니다, 예쁩니다, 멋집니다, 당신.
다 잘 될 겁니다, 힘내세요, 할 수 있어요, 내가 믿고 좋아하는 당신은……

그대의 인생에서

난 그대의 인생에서, 생일날에 받고 싶던 생일 선물 같은 사람이면 좋겠습니다.
환하고 반가운 선물, 오래오래 두어도 바라보면 흐뭇한
그런 생일 선물이었으면 좋겠습니다.

난 그대의 일상에서, 예기치 않았던 상장 같은 사람이면 좋겠습니다.
기쁘고 놀라운 상장, 그대를 돋보이게 하고 최고이게끔 만드는
그런 상장이었으면 참 좋겠습니다.

남의 사랑 이야기

사랑은 남의 사랑이 참 재미있지요.
내 사랑은 늘 아프고 슬프고 남들이 그만두라고 하는 말조차 인정하기 싫은데,
남의 사랑을 보고 있으면 참 바보 같고 영 아닌 것 같고 왜 그만두지 않는지
모르겠다는 생각을 하며 한숨을 쉬게 되네요.
혹시 남이 보는 내 사랑도 그럴까요? 바보 같고 영 아닌 것 같고 때 묻었나요?
그럴 테지요. 남들은 나의 사랑이야기만 나오면 놀라울 만큼 재미있어 하니까.

남들을 바보라 여기면서도 정작 자신은 더 큰 바보가 되는 사랑.
그래도 내 사랑은 애절하고, 남의 사랑 이야기는 참 재미있지요.

그대라는 힐링

한차례 세찬 비바람이 지나간 후 더없이 맑은 하늘을 바라봅니다.

비 개인 청명한 하늘을 보니 우리 큰 다툼 뒤에

이내 미안하다며 그대가 말없이 안아 주었을 때가 생각이 납니다.

말 없는 포옹 한 번에 맑은 하늘의 한 점 깨끗한 구름이 되어 해맑게 웃던 나였지요.

그런 그대를 내가 더 세게 안으니 내 가슴엔 빛나는 햇살마저 비칩니다.

세상에서 가장 멋진 힐링, 그대라는 넓고 푸른 하늘입니다.

Oblivion

모든 게 끝나면 해변가에 통나무집을 지어서 같이 살자고,

같이 늙고 같이 살찌자고, 우리가 죽으면 세상은 우릴 잊겠지만

우린 조용히 통나무집 마당에 나란히 묻혀 영원할 거라던,

그런 대사가 있던 그 영화는 우리 둘의 가슴을 참으로 찡하게 만들었지요.

영화를 다 보고 그대에게 그 장면을 똑같이 이야기했더니 눈물을 닦았지요.

하지만 우리는 서로 내가 빨리 죽을 건데 하며, 또 서로 그건 모른다며 웃었습니다.

나와 영원을 생각해 주는 그대. 그것만으로도 나는 그대에게 얼마나 감사한지 모릅니다.

지금도 그대와 있는 이 순간이 내겐 축복이고 그대는 내 전부이기에.

진실로…… 우리, 꼭 함께 행복해집시다.

해변가에 통나무집 지어서 그대가 못내 사랑하는 가족들과 평화롭고 평온하게 삽시다.

우리 같이 늙고 같이 죽으면 조용히 통나무집 마당에 나란히 묻힙시다.

그럴 때가 오면 그대가 좋아하는 편안한 노래들을 켜겠습니다.

그날을 기다리면서 우리 열심히 삽시다. 정말 모든 게 끝나면 내가 그리 이끌 테니까요.

그대에게 아껴 두었던 고백

작년에 사 두었던 재킷을 꺼내었습니다.
비싼 브랜드 옷이라 귀한 자리에만 입을 거라며
잘 다려서 습기 제거제 곁에 걸어 두었던 옷입니다.
그러다 오늘 친한 후배 결혼식이라 한껏 멋을 부린 후
그 귀한 재킷을 꺼내 입었는데 한 번도 입지 않은 옷이 작아진 건지,
내가 살이 찐 건지 도무지 옷이 맞지 않습니다.

친구에게 전화를 걸어 브랜드 이야기를 하며 옷을 준다니 기분 좋은 웃음입니다.
그러고선 생각합니다.
내가 그대에게 아껴 두었던 고백, 더 있다 가자고 생각했던 미래,
뒤늦게 꺼내었을 때엔 이미 늦어 내 차지가 아닐 수도 있다는 생각.
제때를 맞추지 못한 마음이 급해집니다.

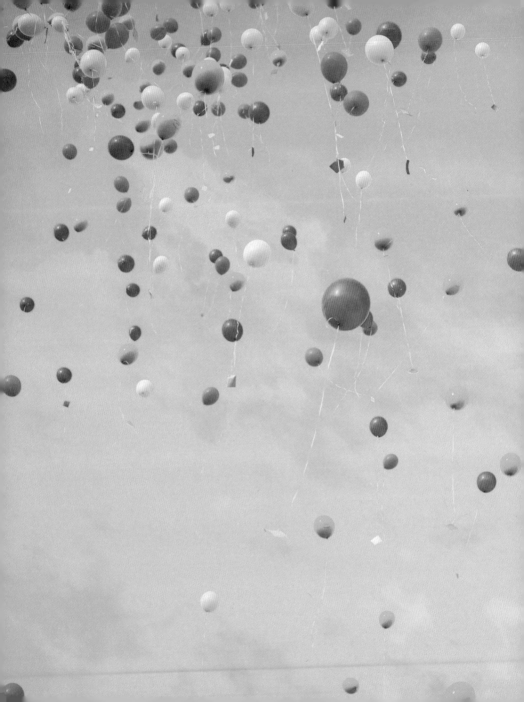

그대에게 가는 길

그대가 내게 고난을 줄수록 나는 앞으로 나아갑니다.
그대라는 넓은 바다를 항해하며 암초 한번 만났으니
제대로 추스려 이제 멋진 항해를 할 수 있을 것 같으며,
그대 마음을 얻기 위한 전투에서 폭탄 한번 떨어졌으니
그 자리엔 다시는 다치지 않고 밀리지 않을 견고한 방어막을 만들 테니까요.

그대가 내게 주는 고난 속에 작은 행복이 있습니다.
로맨스 영화에 고난이 없다면 얼마나 지루하고 재미없겠습니까?
인생에 고난이 없으면 얼마나 아름다울 수 있겠으며, 어찌 행복을 이어갈 수 있겠습니까?
인생의 고난인 그대 때문에 행복합니다.
힘내라는 말, 미안하다는 말, 하지 않아도 나는 괜찮습니다.
세상에서 가장 어려운 일이 사람 마음을 얻는 일인 겁니다.

인생에서 가장 어려운 일, 내 인생에서 그대를 얻는 일.
모든 걸 무릅쓸 만한 가치가 있는 그런 그대이니
그저 거센 풍파가 닥쳐오더라도 한 걸음 두 걸음 내디디어
결코 녹을 수 없는 만년설이 뒤덮인 정상, 그대의 정점에 꼭 오르겠습니다.

1%의 사랑만

시간이 흐를수록 사랑한다는 것은 그저 좋아한다는 것이 아니라
그대를 싫어하지 않기 위한 노력이라는 것을 깨닫게 됩니다.
깊어 가는 사랑만큼이나 마음속에 그대에 대한 미움이 자라고
원망이 쌓여가지만, 결코 그대를 싫어하지 않는 것이 사랑이라는 생각을 하게 됩니다.

마냥 좋은 점만 사랑하는 것이 아닌, 싫은 점에도 고개를 끄덕여 주는 일.
좋아했던 시간보다 미워했던 시간이 많아도 그것이 싫음이 아닌 사랑이란 것.
참 우습게도 99%의 미움에 1%의 사랑만 더해도 그것은 사랑인 것이니
나 어찌 그대를 싫어할 수 있겠습니까!

어떻게 만난 그대인데

가끔 그대에게 서운합니다. 가끔 그대가 참 밉습니다.
서운함 이외에는 아무것도 없는 감정, 미움 말고는 다른 어떤 생각도 할 수 없는 마음.
그대가 가볍게 던지는 말 한마디에도 서운함에 점점 더 화가 차오르고,
그대가 웃어 보이는데도 그 표정을 마주하기 싫고 미움은 깊어지기만 합니다.

하지만 이내 반짝 깨닫는 한순간에 서운함은 사라지고 미움은 저 멀리 갑니다.
어떻게 만난 그대인데 내가 감히 그럴 수 있나요.
내게 넘치고도 빛나는 그대, 그대인데요.

프러포즈

차를 타고 한강 다리를 지나다가 장미꽃을 건네며
프러포즈를 하는 모습을 보았습니다.
남자는 장미꽃 다발을 여자에게 건네고, 여자는 꽃다발을 받고 환히 웃으며
손을 잡고 걸어가는 장면이 내 뇌리에 찰칵 찍혔습니다.
낮은 난간만 가로질러져 위험할 수도 있는 그곳.
좁디좁은 한강 다리 인도 위에 선 그들.
길이 좁아서 나란히 걷지도 못하지만 잡은 손을 놓지 않은 채 길을 갑니다.

마치 그들의 걸음이 가족들의 험난한 반대를 앞둔 미래를 향해 가는
우리 같다는 생각을 합니다.
한 발 잘못 내디뎌 넘어지면 다칠지도 모를……
건널목이 보일 때까지 한시도 편치 않을……
그래서 더 꼬옥 잡은 손을 놓지 않을 우리 같습니다.

무슨 연유에서 한강 다리 위에서 프러포즈를 했는지 알 수 없지만
그저 그 커플이 참 행복했으면 합니다.
우리도 행복했으면 좋겠습니다.
달리는 차들의 경적 소리에 놀라는 일도 없이,
발을 잘못 디뎌 기우뚱하는 일도 없이
무사히 목적지에 잘 도착하면 좋겠습니다.

chapter 3 Break

아닌 사랑

아닌 사람과 사랑하는 친구가 주위에 더러 있습니다.
누가 보아도 그 사람은 아닌데 그 사람에게서 벗어나지 못하는 친구.
같이 있으면 함께 험담을 하다가도 그 사람 연락을 받기라도 하면
표정이 완전 바뀌어서 자리를 뜨는 친구.
방금 전까지 심각하게 헤어짐을 말하던 친구의 얼굴은 온데간데없이
웃음을 감추지 못하는 표정으로 먼저 일어서서 사라집니다.
친구 뒤통수에다 정신 차리라고 돌직구 하나 던지고 싶지만
그 행복한 표정에 이내 마음을 가다듬고 자리를 털고 일어나 걸었습니다.

길을 걸으며 생각했습니다.
나도 그런 적이 있었다고. 사실은 한두 번이 아니었다고……….
그래서 나 그대를 만나서는 처음엔 아니라고 생각했습니다.
내가 무슨 제대로 된 사람을 만나겠냐고, 이 사람 역시
시간이 지날수록 아닐 거란 마음에 애써 그대를 낮추곤 했습니다.
하지만 무던히도 마음을 열지 않던 나를 견디어 준 그대였고,
맞추어 준 그런 좋은 그대임을 갈수록 알았습니다.

그 친구를 보며 이제는 깨닫습니다. 아닌 사람들에게 마음이 매여
그 사람이 아닌 사랑 그 자체를 놓고 싶지 않아 하던 내 자신을 깨닫습니다.
진정한 사랑을 만나는 길은 그리도 참 어려운 길이었습니다.
내게 아니었던 사람들은 그대를 만나러 가는 길 위의 장애물 같은 것이었습니다.

그리고 깨닫습니다. 사랑에 매여 놓고 싶지 않던 마음보다
그대라는 사람을 지금 사랑하는 것이 얼마나 기쁘고 행복한지 깨닫습니다.

그 친구가 이다음엔 또 다시 아닌 사람을 만나지 말고,
그대 같은 좋은 사람을 만났으면 합니다.
사랑 자체를 갈망하는 잘못에서 벗어나 사랑할 만한
그대 같은 사람을 만났으면 정말 참 좋겠습니다.

억지 인연

억지 인연이 있습니다. 아닌 줄 알지만 이 사람이 떠나면
다음 사람이 오지 않을 것만 같아서 붙잡고 있는 인연이 있습니다.
하루에도 여러 번 이별을 생각하고, 그 사람으로 인해
늘 마음이 편치 않아 없는 것이 나을 것 같단 생각도 합니다.

그런 사람 있다면 그만 놓아주십시오.
외로움을 이기기 힘들어서가 아니라, 다음 인연을 기다리기 두려워서가 아니라
바로 각자에게 맞는 인연이 제때 올 수 있게 놓아주십시오.
아마도 그 사람을 붙잡고 있는 내 마음이 이토록 불편한 것은
기다리는 인연이 오지 못하게 막고 있어 그런지 모르겠습니다.
각자 만날 인연이 이미 기다리고 있을지도 모르겠습니다.
그 사람이 맞다고 생각하는 사람이,
또 나를 인연으로 한눈에 알아볼 사람이 간절하게 기다립니다.

평행이론

평행이론처럼 비슷한 사람을 만났습니다.

외모와 목소리, 성격까지도 닮은 사람.

아닌 줄 알면서도 마성의 매력에 또 끌렸습니다.

끝이 있는 줄 알면서도, 이내 다시 지칠 것을 알면서도 머리와 가슴이 따로 움직입니다.

비슷하지만 다른 사람입니다.

한번 겪었는데 왜 바보처럼 또 겪어야 하냐고 충고들 합니다.

그 속상하고 아팠던 가슴을 평행이론의 그 사람에게 보상받지 못함은 분명합니다.

이럴 줄 알았다고 생각할 것이 분명한 평행이론의 사람은

너무나 잘 알면서도 그칠 수 없습니다.

끝내 평행이론을 완성합니다.

바늘구멍

내 생각은 무조건 맞습니다. 내 예감대로 틀림없이 흘러갑니다.
내 촉은 누구보다 정확합니다.
나는 최고의 전략 분석가이지만 당신을 어설픈 점술에 맡겼습니다.
나는 당신에게 너그럽습니다. 나는 참 많이 참고 견딥니다.
나는 당신을 거의 이해합니다.

나는 스피커 볼륨을 올린 채 당신의 목소리는 낮은 볼륨의 이어폰으로 듣고 있었습니다.
나는 크고 단단하지만 당신은 작고 허술합니다. 나는 깊지만 당신은 얕습니다.
나는 돋보기로 키워 보면서도 당신은 세밀하게 현미경으로 보았습니다.
잘 보일 리가, 잘 들릴 리가 없습니다.
나는 시끄러움 안에서 당신을 듣고, 바늘구멍으로 당신을 보고 있으니
당신을 조금도 알 수 없었습니다.

이제 더디고 느리게 가겠습니다.
그 어떤 수치로도 당신을 재어 보지 않겠습니다.
당신의 마음만 잘 헤아리겠습니다.

영혼 없는 사랑

자신을 예전처럼 사랑하지 않는다 말하던 사람이 내게는 있었습니다.
변함없이 자신을 사랑해 주기를 바라면서도 만남에는 충실하지 않던 사람.
자신은 바라는 것이 많으면서도 그 어떤 약속조차 제대로 지키지 않고
서로의 믿음마저도 소홀히하던 사람.
자신은 노력하지도 않으면서 나에게 무작정 애정을 강요하던 사람으로 인해
지쳤던 기억이 있습니다.
결국 더 이상 버티지 못한 내가 서로 각자의 길로 가자고 말했지요.
묘목 하나 심어 두고는 자신은 거름도 물도 주지 않은 채
열매만 맺길 쪼그려 앉아 아무 표정 없이 바라보던 사람.
역시나 그 사람의 다음 연애도 오래가지 못했음을 알 수 있었습니다.

변했다는 말을 쉽게 하는 것이 요즘 사랑입니다.
가꾸지 않는데 변치 않는 것은 없을진대, 아무런 보살핌도 없어
메마른 나무를 향해 변했다고들 하는 사랑입니다.
요즘은 영혼 없이 사랑을 말하는 사람이 참으로 많고 많은 세상 같습니다.
미워하지도 좋아하지도 않으면서 세상과 인터넷과 미디어에
사랑이 흔하고 넘쳐나니까 무작정 가지겠다는 사람들이 참 많습니다.
사람에게도 세상에게도 어떤 것에도 감정을 두지 않은 채, 무미건조하게
무덤덤하게 무감각하게 살아가면서도 사랑을 강요하는 사람 참 많습니다.

반성

길을 가다 스킨십을 하거나 뽀뽀를 하는 커플들을 보면
사귄 지 얼마 되지 않았구나, 참 좋을 때라고 하면서 지나갑니다.
분명 커플처럼 보이는데 덤덤하게 걸어가는 남녀를 보면 부부이거나
사귄 지 오래된 연인일 거라며 사랑도 변하지 하면서 지나갑니다.
중년의 남녀가 다정히 안고 지나갑니다.
그 남녀를 보고서는 분명 불륜일 거라고,
길에서 대담하다며, 어디로 가는지 눈을 떼지 못합니다.
떼지 못한 시선의 끝은 손을 잡은 남녀 앞으로
두 팔 벌리고 활짝 웃으면서 뛰어와 행복하게 안겨 드는 아이입니다.

사랑은 세월에 반비례하는 것은 결코 아닌가 보다, 새삼 생각하며
어리석은 나를 하루 종일 반성합니다.

인연

재미가 없어 보여 몇 달 전에 선물로 받고서도 그대로 두었던 책 한 권.
그 첫 장을 넘겼다가 단숨에 읽고선 생각합니다.
느낌이 아니라며 연락을 잇지 않았거나, 나를 향한 관심이
별로라고 단정 지어 그저 스쳐 보낸 사람들 중에
어쩌면 아주 기막힌 인연이 있었을 거라는 생각.

알고 보면 우리는 각자 목표나 이익을 위해 알게 되었고 얽히며 살아갈진대,
많은 사람들과의 만남이 끝난 뒤나 퇴근 때처럼
소지품을 챙겨 바삐 일어서듯 하지는 않았는지…….
약간의 기다림과 용기만 내었더라면, 인연을 얻기 위해 조금 더 치열했더라면
멋진 사랑, 기막힌 인연 하나쯤은 내 인생에 더 있었을 거라는 생각.

인연을 섣불리 만드는 것도 아니겠지만
쉽사리 외면하고 매듭지어 버리는 것도 아닐 거란 생각이 드는 밤입니다.

제자리

제자리에 있어야 할 것들이 있습니다.
야자수가 열대지방을 떠나면 살 수 없듯이 함부로 가져와서는 안 될 것이 있습니다.
제자리에 있어야 할 사람도 있습니다.
단지 마음에 들고 느낌이 좋다며 내 자리로 데려왔으나 괴로움만 주는 사람이 있습니다.
추운 지방과 야자수가 어울릴 수 없고 열대지방에 펭귄이 살 수 없다는 것을 알면서도
우리는 어울리지 않는 인연을 잘 가리지 못하면서 쉽사리 놓지도 못합니다.

내게서 지쳐 가거나 아파하는 인연, 나를 메마르게 하고 망가뜨리는 인연이 있다면
두 사람이 있는 자리는 내 자리도, 그 사람의 자리도 아닙니다.
그런 인연을 붙잡고 있다면 제자리로 보내 주어야 합니다.
그런 인연에 사로잡혀 있다면 이제 곧 떠나와야만 합니다.

자물쇠

세상에 잠가 둘 것이 많아선 안 되지요.
타인에 대한 마음, 미래에 대한 희망, 우리에겐 더 활짝 열어 두어야 할 것이
각자의 시간에도 살아감에도 필요하겠지요.
하지만 지금 사랑에겐 그 어떤 경우라도 지나 버린 사랑은 꼭꼭 닫아 두고
자물쇠로 잠가 둔 채 살았으면 합니다.
가벼운 이야기라도 절대 꺼내지 말고 상대방의 잘못이나 서운함이 찾아오더라도
지난 사랑은 자물쇠로 완전히 잠그는 배려.
지금 사랑과 사이가 좋지 않다고 지난 사랑의 문을 열어 연락을 한다거나
그 이름을 꺼내는 일은 없었으면 하지요.
한번 열면 쏟아져 나올 지난 사랑의 거센 파도가
지금 사랑을 휩쓸어 버릴지 모르니까요.

내 지난 사랑의 상처를 지금 사랑하는 사람에게는 주면 안 된다고 생각합니다.
지금 사랑하는 사람의 지난 상처도 묻거나 들추어도 안 된다고 생각합니다.

타임캡슐

그대 머리카락, 내 머리카락 한 올 타임캡슐에 담아 평생을 간직할 겁니다.
영화처럼 머리카락만으로 자신이 살았던 지난날을
단 하루라도 되돌릴 수 있는 날이 오면
그대와의 행복했던 하루를 만나기 위해서.
그런 시간이 와도 당연히 우리 두 사람은 이 세상에 없겠지만
우리가 사랑했던 하루만큼은 선물로 주어졌으면 하네요.

단 하루밖에 없을 그대와의 눈부신 아침과
단 한 번밖에 없을 그대와의 멋진 저녁 식탁.
단 한순간도 손을 놓지 않을 그대와의 산책.
다시 깨어나지 못할 그대와의 포근한 잠결.
하루 종일 우린 할 이야기도 참 많을 것이고, 참 많이 웃고, 참 많이 사랑한다 말하겠지요.
참 많이 그리웠다 말하겠지요.

모기

모기에게 등을 물렸습니다.

하필 손이 전혀 닿을 수 없는 곳에 물려 온통 신경이 쏠립니다.

머릿속이 백지처럼 하얗게 되었습니다.

어찌해도 손이 닿지 않는다는 것을 알면서도

억지로 등 뒤로 손을 뻗어 보지만 닿지 않습니다.

벽에다 등을 기대고 문질러 봅니다. 하지만 생각처럼 시원하지 않습니다.

플라스틱 자를 찾아서 모기 물린 곳을 긁어 봅니다.

벽에 문지르는 것보다 낫긴 하지만 그래도 온 신경이 몰립니다.

이내 당신이 와서 가려운 등을 긁어 줍니다.

그 순간의 충만한 환희를 어찌 말로 표현할 수가 있을까요!

당신을 처음 만날 때 이러했었나요?

처음에 닿지 않아 괴로웠고, 머릿속이 하얀 백지가 되었고,

무얼 해도 내 자신이 시원치 않았나요? 온 신경이 당신에게 몰려 있었나요?

당신의 마음을 얻었을 때 그러했었나요?

당신이 가려운 등을 긁어 준 것처럼 충만한 환희에 말을 이을 수 없었나요?

인스턴트 사랑

외모 한 스푼, 조건 두 스푼. 그거면 충분합니다.
풍요의 맛은 달고, 화려함의 향은 진한데 더 무엇이 필요하겠습니까!
어차피 인스턴트인 걸요. 긴 과정은 생략해도 됩니다.
언제든 짧은 시간이면 똑같은 맛과 향기의 사랑을 손쉽게 마실 수 있습니다.
마시다 버려도 대수롭지 않습니다. 어차피 쉽게 얻는 인스턴트니까요.

하지만 언제부턴가 오래전 입가에 맴돌았던 그윽한 향이 그립습니다.
마실수록 그립습니다.
어디에 가면 긴 시간 숙성된 그때의 마음과
오랜 그윽함이 만든 좋은 향기를 맛볼 수 있을까요?
우리는 모두 그리워하면서도 체념하며 3분 사랑을 센 불에 끓이고,
지친 허기를 채우려 뜨거운 물을 빨리 붓습니다.
어차피 인스턴트니까요.

chapter 4 Hate

용서 못할 사람

마음속에 용서하지 못할 사람 하나 있었습니다.
사랑을 앞세워 이기적이었고, 독선적이었으며, 늘 내 마음을 아프게 하다
결국 배신을 하여 나를 잔인하게 헤집고 떠나간 사람.
이후에 그 사람이 잘 산다는 소식을 듣고 나는 분노했습니다.
어디 얼마나 잘 사나 두고 보자며 하루도 빠짐없이 저주를 하였지요.

그러다 시간이 흘러 그 사람의 소식을 다시 들을 수 있었습니다.
나의 악담 그대로 몰락해 버리고 집안에 큰 우환마저 겹쳤다는 소식.
나는 가슴이 너무나 먹먹하여 그 어떤 말도 할 수 없었습니다.
이처럼 정말 철저하게 나쁘게 되라고 저주하며 악담한 것은 아닐진대,
지금껏 용서하지 못했을 뿐인데
현실의 그 사람은 그 불행의 저주를 그대로 받았습니다.
보이지 않는 저주의 실이 내게서부터 그 사람에게 이어져
그 불행에 묶였던 것은 아니었을까요?

누구나 용서하지 못할 사람 반드시 있을 겁니다.
사랑했기에 혹은 믿었기에, 자신을 너무나 아프게 했기에
지금껏 마음에서 놓지 못한 사람.
힘들지만 용서하고 놓아주십시오.
이미 내 곁을 떠난 사람이고, 돌이킬 수도 다시 만날 수도 없는 사람일 뿐입니다.
어쩌면 다시는 그런 사람 만나지 않게 만들어 준,

자신의 인생에 약이 된 사람이라 생각할 수도 있습니다.

그러니 그 사람이 행복하지 않길 바라도 일상과 건강까지 잃길 바라진 마십시오.

용서할 수 없으면 자신의 인생에서 그대로 영원히 내보내 버리십시오.

용서할 수 없는 사람을 가슴에 두면 쇠가 녹슬듯 마음이 녹슬고 맙니다.

어디 두고 보자는 생각, 절대 하지 마십시오.

毒

내 사랑은 늘상 독이었는데, 사람들에게는 약이 되는 조언을 하고 사는 나입니다.
내게 사랑은 쓴맛이었는데, 달콤한 맛의 조언을 하는 나는 단맛을 본 적이 없습니다.
내게 사랑은 견딜 수 없을 때까지 버티기였는데,
사람들에게는 사랑은 서로 행복하자고 하는 것이라 조언을 합니다.

그러게요. 모질던 인연이, 아픈 사랑이 내게 약을 주었고 현명함을 주었네요.
역시 독은 약이 됩니다. 역시 잘못은 깨우침이 됩니다.

그대의 달라짐에 대해

우리 잠시 시간을 가져 볼까 생각합니다. 그대에게 많이 지쳐 내가 힘이 듭니다.

그대라는 사람 처음과 달라졌다 하며, 사람은 변하지 않는다며 절망도 합니다.

그대와 이야기도 많이 나누어 보았지요. 우리의 지쳐 감에 대해,

그대의 달라짐에 대해, 나의 절망감에 대해 말했습니다.

서운했습니다. 밉기도 하고, 그대라는 사람 알게 된 것을 후회하기도 했습니다.

그대 얼굴만 떠올려도 화가 났습니다.

하지만 이내 그대를 절대 먼저 놓지 못할 나를 인정합니다.

그리고 시간 좀 갖자는 말을 꺼내며 오히려 마음을 졸일 사람은 나라는 것도 생각합니다.

참 비겁하고 옹졸한 생각이라고 여기면서 스스로 머리를 쥐어박습니다.

그래서 내게 스스로 시간 좀 갖자고 내 마음에게 이야기합니다.

그대와의 시간을 갖기 전에 나와 나 사이의 시간을 갖자고 생각하며 스스로 충고합니다.

그 정도 버티지도 못하면서 어디 사랑을 말했느냐고, 그래서 사랑하는 것도 아니지 않냐며,

그럼에도 불구하고 사랑하자고 했던 것은 언제였냐며 스스로에 묻고 또 이내 대답합니다.

시간 좀 갖자 해 놓고 잠에서 깨어나면 그대 메시지부터 확인할 내가 보입니다.

그대의 침묵이나 혹은 연락이 왔음에도 혼자 서러울 내가 참 어리석어 보입니다.

내 스스로 한 대 더 쥐어박겠습니다. 잘못했으니까요. 그대를 잃을지도 몰랐으니까요.

그리고 그대에게도 만나면 다짜고짜 한 대 쥐어박고 자리에 앉을 생각입니다.

내가 왜 이유 없이 맞아야 하느냐고 그대가 묻는다면 이뻐서라고 하겠습니다.

하지만 그대, 왜 맞는지 꼭 생각해 보깁니다.

이처럼 좋은 나를 잃을 뻔한 어리석은 그대입니다. 한 대 쥐어박히고 잃지 마십시오.

그 무엇 뒤로

서서히 사랑이 식어 간다고 생각하던 날이 있었습니다.
앞에 앉은 당신에게 무슨 말을 할지 몰라
오랫동안 당신 얼굴을 가만히 바라보고만 있었습니다.
왜 그리 나를 바라보느냐며 당신이 조용히 미소를 짓는 순간,
내 마음에 찡한 무엇이 스쳐 갑니다.

당신이라는 사람을 알아 세상 모든 걸 얻었던 날,
바라보는 것만으로도 온종일 나를 웃게 하던 날도 그날따라 짠하게 지나갔습니다.
그 찡한 무엇 뒤로…….

당신 없이 아무것도 할 수 없다 하던 숨 가쁜 고백의 순간이 있었습니다.
그 짠한 무엇 뒤로…….
사랑이 식어 간다는 생각에만 사로잡혔던 이기적이고 어리석은 내가 있었습니다.

손톱깎이

그대와 다투고 와서 손톱을 깎습니다.

또각또각 당신에 대한 미움 하나, 원망 하나 깔끔하게 깎아 냅니다.

깎아서 울퉁불퉁한 손톱을 다듬습니다.

쓱싹쓱싹, 다듬어지는 손톱에 그대에 대한 다짐 한 번, 용서 한 번 다듬습니다.

쓱싹쓱싹, 매끈하게 다듬습니다.

말끔하게 달라진 손톱을 바라봅니다. 하나 하나 열 손가락을 모두 살펴봅니다.

그대에 대한 하나부터 열까지도 말끔해진 마음으로 하나씩 살펴봅니다.

슬픈 거래

돈으로 사랑도 살 수 있는 세상이라고들 말을 합니다.
돈으로 사랑을 사는 사람이 절반이라면 돈으로 사랑을 파는 사람도 딱 그만큼.
사랑하니까 무엇이든 다 해 준다며 돈으로 사랑을 사는 사람.
자신은 풍요한 편안함에 끌린다며 돈에 사랑을 파는 사람.
돈으로 사랑을 사는 자는 돈으로 상대의 마음을 얻었다 생각하기에 교만하거니와
돈으로 사랑을 파는 자는 언젠가 자신이라는 가치가
떨어진다면 버림받을 거란 생각에 늘 불안합니다.

그런 이들의 이별을 간혹 보았습니다.
이별을 이별이라고도 부르지 못하는 참혹한 심정으로
버리고 버림받은 이들의 슬픈 마지막을……
그만큼 해 주었는데 요만큼뿐이냐는 말.
이만큼 했으면 된 거지 진짜 얼마큼 바랐던 거냐는 말.
평온할 수 없는 그들은 늘 어긋나기 마련입니다.
그건 사랑이 아닙니다. 슬픈 거래일뿐인 거지요.
세상이 아무리 뒤집어져도 돈으로 사랑을 하지는 말아요.
계산을 치를 수 없는 것이 사랑입니다.

어떠한 사랑도 욕하지 말라

연예인이나 유명인들의 사랑을 폄하하지 마십시오.

그들의 외모만 보고, 인기와 재력만 보고 함부로 판단하지 마십시오.

얼마 못 가서 헤어질 것이다, 돈 보고 사귀는 것일 거다, 쉽게 말하진 마십시오.

그 사람들에게도 사랑으로 아파 밤을 지새운 날이 있을 테고,

내가 "그것 봐." 하며 폄하하고 빈정댔던 그 사람의 이별이

그에게는 평생 잊지 못하는 단 하나의 사랑이었을 수도 있습니다.

그 어느 사랑도 낮추지 마십시오. 어떠한 사랑이라도 욕하지 마십시오.

사랑은 누구에게나 소중하게 오고 가는 일입니다.

누구에게나 숭고할 우주의 일을 땅에 내려다 놓고 밟지 마십시오.

나는 늘 똑같습니다

그대에게 나는 늘 똑같다는 말을 자주 합니다.

그대에게 하는 나의 다짐이기도 합니다.

늘 똑같다는 말…… 한결같을 것이라는 마음…….

사실은 쉽지 않아서 무지 애를 씁니다.

나는 그대를 향한 마음이 참 큰데 그대는 아닌 것 같아서…….

무심코 툭 던진 그대의 한마디와 성의 없는 행동에 화가 나서…….

그저 자신만 생각하는 이기심과 철없는 생각과 변덕스러움에 지쳐서…….

참으로 늘 똑같기 어렵습니다.

하지만 나는 헤아리고 있습니다. 말은 하지 않아도 그대 또한 느끼고 있음을…….

늘 똑같다는 나로 인해 안정되고 편안할 수 있음을…….

나 같은 사람 참 없을 겁니다.

늘 똑같다 말하지만 사실은 변화무쌍한 그대에게 맞추려

항상 이쪽으로 저쪽으로 기울며 그대의 평형을 맞춰 주는 사람,

이 세상에 절대 없을 겁니다.

사랑할 수 있을 때 닥치고 사랑하라

이 사람이 나를 얼마나 사랑하는 걸까 궁금해하지도 말고,

내가 이 사람을 얼마나 사랑하는 걸까 헤아려 보지도 말고,

이 사람이 내가 보이지 않을 때 딴마음 품는건 아닐까 생각도 말고,

이 사람이 내 곁에 없을 때 괜한 관심을 타인에게 보이지 말고,

이 사람에게 이만큼 받았으니 이만큼만 줘야겠다 얌체 짓도 말고,

둘 사이에 트러블이 생길 때 욕을 해 줄지언정 뒷담화는 말고,

뜨거우면 뜨거운 대로, 식으면 식은 대로 사랑의 맛은 다 겪어 보고.

두 사람 중 누가 더 아깝다는 생각 말고,

잘났니 못났니 비교 자책도 하지 말고,

떠나보내고서 있을 때 잘 할걸 후회 말고,

이별하고 나서 그리워 슬피 울지 말고,

사랑할 수 있을 때 닥치고 사랑하라.

부디

가끔 그대를 보며 마음으로 되뇝니다.
그냥 눈 질끈 감고 온몸을 파도에 맡기듯 하면 안 되겠느냐고.
어찌 가도 시간은 가는데 우리 행복한 시간을 보내면 안 되겠느냐고.
그리고 생각합니다. 생각처럼 가지 않는 마음으로
나를 만나는 그대의 마음은 얼마나 힘들지…….

그대를 만나기 이전의 시간들은 내게 너무나 힘든 시간이었습니다.
마음의 병이 깊었고, 사람에게 받은 상처도 많았습니다.
제대로 되는 일이 없어 우울했으며, 세상천지 사방을 둘러보아도
마음 기댈 곳 하나 없어 가슴속으로 울어야 했던 세월들이기도 했습니다.
그러다 그대를 만났지요. 저 사람이면 위안일 수 있겠다,
내 마지막 사랑일 수 있겠다 하는 마음에서…….

그래서 참 절실했었습니다.
그대와 잘 되지 못해서 많이 흔들렸지만 끝내 이겨 내고 싶었고,
결국 만나게 되어서 더할 수 없는 기쁨, 가슴 깊이 충만한 행복이었지요.
그래서 더 큰 위안이었고, 더 편안한 그늘이었고, 더 많이 기댈 나무이기도 했었지요.

그대의 존재로 인해 힘들어하는 나를 보며 아는 이들은 참 쉽게도 말합니다.
하지만 그들에게 나는 니들이 무얼 아느냐고, 사랑은 쉽질 않다고,
쉽게 얻은 건 쉽게 잃는다고, 완벽한 건 없다고 말하며 힘들고 어려운 길을 지나면

평탄한 꽃길이 펼쳐질 거라고 마음속으로 되뇌곤 했습니다.

어찌해도 흘러가는 시간입니다. 세상에 나쁜 사람도 많고
이기적인 사람도 많은데, 나는 그대만을 위하고 이뻐하고 사랑하잖아요.
부족하고 모자라지만 그 마음만은 진실하지 않습니까!
힘겨움, 슬픔 다 헤아리려 하고 무엇이든 다 들어주려고 하잖아요.
진심으로 건강 걱정하잖아요. 귀히 여기고 보석처럼 여기잖아요.
꽃처럼 아이처럼 애틋하잖아요. 진실로 그대 때문에 아파하잖아요.

나를 한번 뒤돌아봐 주세요. 그대를 못내 사랑하는 나를 한 번만 헤아려 주세요.
그리고 생각해 주세요.
나를 사랑하는 이 사람, 내가 아프게 하면, 내가 서글프게 하면,
소식이라도 며칠 없으면 얼마나 저릴지…….

그대도 그럴 테지만 내게도 사람 인연은 쉬운 게 아니랍니다.
더구나 연인의 인연이란 살면서 몇 번 오는 것은 아니죠.
내 모든 걸 걸 만한 것이지요. 세상의 끝에서 만났더라도
마지막 숨을 걸 만한 그대인 거지요.
그러니 부디 내게 온 마음을 주세요. 부디.

생일 축하합니다

당신을 만날 때, 당신에게 보이지 않았던 내 모습들이 내 기억 속에 있습니다.
주일마다 교회에 가서 당신을 위해 기도드렸습니다. 당신이 건강하고 행복하기를.
당신이 내게 힘겨울 때는 기도를 드리며 눈물도 흘렸습니다. 당신이 간절했습니다.
당신과의 그 마지막 이후, 그래서 못난 나는 하느님을 원망하면서 살아갑니다.
하느님, 당신의 힘으로도 어쩔 수 없었습니까? 하늘을 보며 반문을 한답니다.

사랑하는 사람과의 이별 역시 축복이라 생각합니다. 진정 사랑했다면 모든 것이,
사랑받았다면 모든 것이 축복입니다. 이별로써 영원히 그 사랑 가슴에 가질 테니.
하지만 당신을 사랑이라 말할 수 있지만 이별이라고는 말할 수 없는 것이 참 아픕니다.

못다 한 것이 참 많답니다. 당신의 생일에도 함께 있어 주질 못했고, 선물들 역시도,
챙기지 못한 마음도, 하고 싶었던 말도, 이을 수 없던 편지도 못다 한 것들입니다.
이런 바보스러운 나에게 어쩌면 당신, 나에게 마음으로 그런 말을 하겠지요.
사람에게 한번 외면당한 것, 참 오랫동안 품고 산다고 그런 말을 할 수도 있겠지요.
세상 살다 보면 얼마나 모진 일에, 비정한 현실에 아픈데 고작 사람 하나 때문이냐고.
우습지만, 당신이 알듯 나 힘겹게 살아왔음에도, 그럼에도 당신이 가장 아팠습니다.

오늘, 누군가 내게 그런 말을 했었죠. 지나간 사랑을 옛사람들은 은혜라고 부른다고.
은혜, 그 말 좋았습니다. 우리 서로 은혜라 부를 수 있었으면 얼마나 좋았을까요!
그 말에 당신을 생각하며 혼자 가만히 웃었습니다. 난 당신에게 은혜였을까요?
앞으로도 떠오르겠지요, 당신이. 하지만 차츰 당신과 같이 있던 모습은 희미해지겠지요.

잊히지는 않겠지만 언젠가는 다른 사랑을 하고, 다른 사랑에 웃을 수도 있겠지요.
당신이 내 마음 몰랐듯이, 나도 내가 떠난 후의 당신 마음은 조금도 모른답니다.
고마웠다고 했지만 내가 얼마나 고마웠는지, 미안했다지만 얼마만큼이었는지도
모르는 만큼 그 마음 크게 느끼지요. 내가 사랑한 만큼 고마워했으리라 믿지요.
내가 힘들었던 만큼 미안했으리라 믿어요. 믿어요. 그저 혼자 믿어 버리는 거네요.

당신도 살면서 많이 힘드리라, 외로우리라 생각을 해요. 그렇지만 잘 살아 내기를,
앞으로도 행복하길 빌지요. 내일 생일날, 아주 예쁜 모습으로 행복하기를 빌고,
항상 건강하기를 빌고, 이쁜 결혼도 빨리 하고, 언제까지나 행복하기를 빌지요.
그 마음은 영원할 겁니다. 미움이나 미련 따위는 생명이 그리 길지 않거든요.

당신의 행복을 비는 것 역시 약속이었죠. 당신이 없어도 영원히 행복을 빌겠다고.
당신을 참 쉽게 만났지만 어렵게 잊어야 하네요. 아니 잊지 못하네요.
행복했지만, 그저 추억이 되어 버린 사랑이 더 사랑 같은지.
행복하지 않았지만, 아직 서운한 사랑이 더 사랑 같은지.

아무래도 끝을 맺지 못한 이야기가 더 궁금하겠지요.
아무래도 지키지 못한 약속이 가슴속에 오래 남는 그런 이유겠지요.
당신에게 지킬 약속이 없으니 더 아쉽겠지요.

당신의 생일, 미리 조금 일찍 축하합니다.

사랑

영원할 듯한 다정함으로 커플 사진을 찍어 올리고,
서로 죽도록 사랑한다고 애정 표현을 주고받아도
헤어지자는 단 한마디에 모든 게 무너지는 게 사랑이지.
인연이라는 씨앗이 만나 호감이라는 새싹이 피고,
사랑이라는 열매가 맺히면 언제까지나 싱싱하리라는
착각들을 대부분 하는 것 같아.

열매는 벌레도 들기 마련이고, 익지도 못한 채 버려지기도 하지.
기대만큼 달지 못함도 다반사이고.
벌레 먹은 열매 같은 사랑이라면
과감하게 썩은 부분을 인정하고 사랑할 수 있어야 한다 생각하고,
익지 못해 버려진 열매 같은 사랑이라면 느긋한 마음으로
익게 그늘에 두어 보듯 여유와 시간을 선물해 보는 건 어떨까?

사랑이 생각보다 달지 않다는 것은 다들 알지만,
베어 물 때 너무 달았던 탓에 그 본연의 맛은 단맛뿐이 아님을 잊는 거지.
벌레 먹은 사랑이 평생을 가고, 더디 익는 사랑이 결실을 맺고
쓰디쓴 사랑이 오히려 감동적이지.
사랑의 싱싱함은 아주 잠깐의 찰나지.
정신을 차릴 수 없이 너무 달게 느껴지는 것도 한순간이지.
너무나 짧은 풋풋함이지. 그런 거지.

chapter 5 Road

당신과의 하루

당신에게 밥 한 끼 해 주고 싶네요.
고슬고슬하고 따끈한 흰쌀밥을 지어서 맛깔나게 생김치 담고,
싱싱한 꽃게랑 애호박 썰어 넣고 보글보글 된장찌개 끓여서
상 위에 올렸으면 하네요.

밥상에 앉은 당신에게 먹여 주고 싶네요.
차돌박이랑 등심 구워서 상추랑 깻잎에 햇마늘 넣어서
한입 크게 먹이고 싶네요.
풋고추도 된장 푹 찍어서 베어 물게 하고,
살얼음 살짝 도는 소주도 한잔 주거니 받거니 하고 싶네요.

식사 후엔 향긋한 차 한잔하고 싶네요.
지겨운 커피 말고 직접 말려 둔 국화로 우려낸 국화차나
허브차에 달콤한 꿀 한 숟갈 타서 따끈하게 데워 주고 싶네요.
조용한 음악 속에서 당신과 기분 좋은 이야기들도 나누었으면 좋겠네요.

지친 당신을 참 편하게 재우고 싶네요.
깨끗하고 정갈한 이부자리에 포근하고 보송한 솜이불을 덮어
편안한 잠이 들게 하고 싶네요.
당신이 잠들기 전에 따스한 물로 발 씻겨 주는 일도
꼭 하고 싶네요.

꼭 당신에게 그런 하루 주고 싶네요.

비록 아무것도 줄 것이 없는 나이지만

단 한 번은 평생 기억할 하루를 주고 싶네요.

당신 인생에 가장 편안하고 행복한 하루, 꼭 주고 싶은 마음이네요.

그대, 인연입니다

단 한 번 보았을 뿐인데 뇌리에서 아른거리는 사람이 있었습니다.

인연이 되지도 못할 자리에서 만났음에도,

아니 스쳤을 뿐인데도 지워지지 않았던 사람.

결국 인연이 되지 못해 두 번 만나지도 못한 채

머물지 못하고 흘러가 버린 강물 같은 사람이 있었습니다.

알던 사람도 아닌데, 강물 같은 사람인데

다음 그 자리에 가면 찾아보곤 했던 그런 사람이 있었습니다.

그대에게 나도 그런 사람이었습니다.

우리 인연도 각자의 흐름대로 가고 있었습니다.

물살의 세기와 소용돌이를 버티면서 힘겹게 거슬러 온 그대.

……인연입니다.

그대라는 사람

그대라는 사람, 가끔 낯설어요.
얼마 전까지 그대라는 사람이 이 세상에 살고 있다는 사실도 몰랐는데
항상 내 곁에 가장 가까이 있는 것이 가끔 낯설어요.

그대라는 사람, 가끔 까먹어요.
내게 있는 그대가 너무도 당연해서 언제부터 내 이름보다 가까웠는지,
우린 매순간 함께여서 공기 같은지 가끔 까먹어요.

그대라는 사람, 참으로 미련해요.
이처럼 엉망인 사람, 게으른 사람, 스스로 사랑한 적도 없는 나를
매일 사랑한다는 말 버릇처럼 하니 참으로 미련해요.

그대라는 사람 정말 바보예요.
내가 무엇이라고 나 때문에 울고 웃고, 세상을 다 얻은 듯 다 잃은 듯하고 사니,
나만 보면 일곱 살 아이 정신 연령이 되니 정말 바보예요.

그대라는 사람, 참 신비해요. 그리고 기적이네요. 내 일생에 한 번뿐인 기적.

세상의 마지막 날에도 꼭 만납시다

내 장례식에 와서 울어 주겠냐며 그대에게 물었습니다.
왜 그런 쓸데없는 말을 하냐고, 그 말만 들어도 눈물이 난다며
코끝이 빨개지는 그대를 보며 끝 날까지 그 자리를 꼭 지킬 것이란
그대의 말에도 흐뭇해합니다.

내 그런 물음에 진지하게 답해 준 건 그대가 유일했습니다.
모두들 너 어디 아프냐며 핀잔하듯이 웃어넘긴 사람들뿐이었는데,
그런 말 한마디에도 안절부절못하며 안타까워하는 그대. 정말 참 예쁩니다.

그런 그대에게 나는 또 대답합니다.
그대의 장례식 때는 나, 먼저 세상을 떠나 영혼밖에 없더라도
인생의 마지막에는 꼭 찾아오겠다고, 찾아와서 인사하겠노라 대답합니다.
그런 그대, 또 눈물짓습니다.
우리 세상의 마지막 날에도 꼭 만납시다.

숭고한 사랑

친구 아버지께서 돌아가신 후 몇 달 만에 부쩍 늙어 버리시고
눈에 띄게 건강이 나빠지신 친구 어머니를 뵈니 울컥 슬픔이 몰려듭니다.
같이 뵈러 갔던 친구 역시 저래서 한 분이 떠나시면
곧 따라가시는 분들이 더러 있는 거구나 말하며 깊은 한숨을 내쉽니다.
자식들을 키우고 같이 늙어 가면서 몇 십 년을 이으셨던 사랑.
당연히 두 분에겐 셀 수 없이 많은 일들이 있으셨을 겁니다.

그 숭고한 사랑 앞에서 나는 그대를 생각합니다.
내가 그대를 사랑하지 않게 되는 날이 오더라도 그마저도 사랑일 거라고,
그대를 사랑하지 않아서 더욱 노력하고 애쓸 거라고 슬픈 마음 앞에서 되뇝니다.
그대, 귀찮고 너덜해 보여도 그대보단 내가 먼저 떠나진 않을 거라고 다짐합니다.
세상이 끝나는 날에 그대 손을 잡으며 고마웠다는 말 한마디 꼭 전하겠다 약속합니다.

그런 사랑

그대 때문에 나, 더 큰 사랑이 있다는 걸 알았습니다.
예뻐서, 멋져서, 한눈에 반해서, 단지 사랑함으로 사랑해서가 아닌,
내 전부가 되고 내 미래가 되는 사랑이 있음을 알았습니다.
그런 사랑이 내게 있다는 것을 알려준 그대에게 참으로 감사하며,
죽어도 잊지 못할 사랑이 있구나 하는 사실도 깨달았습니다.
그런 사랑, 평생 다시는 없을 내 인생에서 단 한 번의 선물입니다.

그대가 조금 아프면 나는 온몸이 아프고,
그대가 슬프고 힘들면 나는 뒤돌아서 흐느낍니다.
그대를 힘들게 한 날이면 어찌할 수 없어 괴롭습니다.
오늘도 나는 더 큰 사랑을 들고 그대와의 내일을 향해 가고 있습니다.
그리고 더 큰 사랑 안에 그대의 기쁨도, 슬픔도, 힘겨움도, 아픈 현실도,
한 줄기 비쳐 오는 희망도 고스란히 담아 가고 있습니다.

그대, 참 모르겠습니다

그대를 만나고선 내가 외로울 때
그대의 쓸쓸함을 더 크게 느끼는 것은 왜인지 모르겠습니다.
분식집에서 라면에 김밥을 먹다가도 울컥 그대가 떠오르고,
마트에서 장을 보다 고기 굽는 냄새에 그대 찡하게 보고 싶고,
예능 프로에 깔깔대며 숨이 넘어가게 웃다가도 왜 그대 때문에
눈물이 핑 도는지 모르겠습니다.
스마트폰의 불빛이 반짝일 때 무조건 그내라며 가슴이 왜 두근거리는지
나는 도대체 모르겠습니다.
목 늘어난 티셔츠에 무릎 나온 추리닝 차림인 지금,
그대에게 뛰어가고 싶어 안달이 난 나를 스스로도 잘 모르겠습니다.

그대, 참 모르겠습니다.

나비효과

브라질에 있는 나비의 날갯짓이 뉴욕에 토네이도를 몰고 올 수 있다는
나비효과라는 가설처럼, 그대가 나를 만난 것으로 그대의 인생이
완전하게 바뀌었으면 좋겠습니다.

나로 비롯하여 새로운 인연을 맺는 것으로
그대의 일 년 후에는 인생의 다른 행복이 찾아오고,
나로 말미암아 새로운 곳을 향해 나아가며
그대의 오 년 후엔 일생의 큰 이루어 냄이 찾아오고,
나로 인하여 내가 마지막까지 지켜 줌으로
그대의 인생은 참으로 행복했다고 느끼게 하고 싶습니다.
처음 만난 순간, 그곳에서의 나의 웃음이
지금 그리고 미래에 그대 인생의 전부였으면 좋겠습니다.

30%

산을 오를 때에는 체력의 30%를 항상 여유로 남겨 두라고 말합니다.
사랑을 할 때에도 항상 자신을 위해 30%는 남겨 두도록 하십시오.
상대방 마음을 다 얻기도 전에 급히 다 쏟아부어 힘들어하고,
앞에서 손을 잡아 이끄는데도 이끄는 데로 가지 않아 헤매고,
정점에 이르는 길이 너무 멀다 절망하며 가다 보면 사랑의 완성에 이를 수 없습니다.

70%는 사랑을 위하더라도 30%는 자신을 위해 마음의 에너지를 남겨 두십시오.
설사 그 사랑에 지쳐 떨어지더라도 30%의 희망,
30%의 자신이 남아 있다면 한번 해 볼 만하지 않은지요?
그리고 그 사랑은 정말 아니었다 돌아설 때도
30%의 기운이 남아 있어야 툭툭 털고 그 사랑에게서 돌아설 수 있지 않을까요?

절망 속에 조난하여 아무리 소리를 쳐도 메아리조차 들어주지 않는 것이 아픈 사랑입니다.
늘상 남아 있는 30%로 일어서십시오. 희망에서든, 절망에서든……

연인들

주말의 영화관에서 좁은 에스컬레이터를 오르는 연인들을 봅니다.
그들은 모두 마주 보고 있다는 것을 알았습니다.
서로 마주 보고 시선을 맞추며 포옹을 하고 올라가는 연인들은 참 예쁩니다.
마주 보고 있다는 것은 이처럼 아무 상관없는 사람이 보아도
참 행복한 일임을 알았습니다.

영화가 끝난 후에 좁은 에스컬레이터를 내려가는 연인들을 봅니다.
그들은 모두 손을 잡고 있다는 것을 알았습니다.
천천히 내려가는 연인들을 보니 야무지게도 손을 잡고 있습니다.
손을 잡고 있다는 것은 혼자 내려가는 사람이 보아도
참 견고한 느낌임을 알았습니다.

오늘의 연인들에게 되뇝니다.
마주 보며 사랑의 마음에 올라서서 한 편의 긴 영화 같은 사랑을 하십시오.
야무지게 잡은 손 절대 놓지 않으면 견고한 해피엔딩은 반드시 이루어집니다.

한밤의 좌석버스

밤늦게 타고 오는 좌석버스.
내 자리 옆의 빈 자리, 그 자리엔 당신이 있었지.

서늘하게 나오는 에어컨 바람, 창밖으로 지나치는 한강의 밤 풍경.
어느 날 밤, 자정이 넘어 타고 오던 그때의 우리 기억이 있었지.

내 손을 만져 보며 손 참 이쁘다 그랬지. 자꾸만 내 손을 만지작거리며 그랬지.
내 손이 뭐가 이쁘냐, 완전히 머슴 손이지. 아냐, 이쁜 손이야 했던 당신이 있었지.

당신이 잡아 주어서 이쁘던 손도 있지. 지금은 도무지 왜 이쁜지 알 수 없어.
손등과 손바닥을 뒤집으며 번갈아 몇 분째 유심히 보고 있는 내가 있지.

chapter 6 Whisper

보석 같은 말

나를 만났을 때 느낌이 참 좋았다던 보석 같은 그대의 말, 빛이 났습니다.
보석이 된 그 말 한마디를 지키기 위해
그대에겐 말 한마디라도 조심스럽고 행동이 가벼울까 마음을 기울입니다.
그 보석 같은 말을 깨트리지 않기 위해
그대와의 약속은 모두 지키려고 애쓰고 매사에 바르고 흐트러지지도 않습니다.

세월이 흐르고 나면 그대가 내게서 받았던 좋은 느낌도
설렘과 애틋함이 사라져 빛을 잃는 날이 분명히 오고 말 겁니다.
좋은 느낌이 사라지는 날이 올 겁니다.
하지만 보석 같은 그대의 말은 깨어지지 않고 내 마음에 그대로 있을 겁니다.

빛을 잃어 느낌이 좋은 사람이 아닌 그냥 좋은 사람이겠지만,
그대의 한마디에 나는 여전히 귀한 가치를 잃어버리지 않는
보석 같은 '좋은 사람'이 되어 있을 겁니다.

그대 목소리

바람이 가득 묻은 목소리로 그대가 전화할 때 참 행복해집니다.
바람이 실어다 주는 그대의 목소리. 금방이라도 그 바람에 실려
내 앞에 나타나 달려올 것만 같은 목소리.
술기운이 살짝 배어 있는 그대의 전화 목소리가 참 좋습니다.
평소와 다른 사람처럼 거침없는 그대.
말없는 순간의 숨소리마저도 나를 향한 애틋한 사랑이 넘쳐나는 목소리.
그대 목소리는 언제나 나를 참 설레게 합니다.

다짐

그대를 사랑하면서 나, 어른이 되겠습니다.
그대가 나를 다그치거나 심한 말로 상처를 주더라도
그저 그대가 기분이 좋지 않구나, 한숨 한 번 쉬겠습니다.
침 한 번 삼키며 조용한 말투로 마음의 실타래를 풀어 주겠습니다.

그대가 무례하게 대하거나 막무가내로 화를 내더라도 스트레스 때문이구나 여기며
그대에게 힐링이 되도록 편한 음악과 멋진 풍경으로 그대 마음의 깨어진 편린을
쓸어 담아 주도록 하겠습니다.

그대가 그릇된 생각이나 어긋난 행동을 할 때에는 어른의 마음으로
조용하게 차 한잔 앞에 두고 조곤조곤 그러지 말라고 말하겠습니다.
그대가 왜 그랬는지를 충분히 귀담아 들은 후에 조곤조곤 이르겠습니다.

한 번 더 생각하고 그대 입장에서 바라보면
그대는 참 힘겨운 삶 속에 머무는 사람인 것을. 지금껏 홀로 견디어 왔던 것을.
이처럼 상처 난 마음, 말로는 못다 할 그 많은 답답함을 표현할 곳은 나밖에 없는 것을.

나, 그대에게 온화한 어른이 되어 늘 감싸겠습니다.
그대는 아이처럼 내게 끊임없는 질문과 풀어야 할 문제를 주십시오.
암요, 그럼 됩니다.

그대를 집에 보내는 길

그대를 집에 보내는 길, 벌써 내 마음이 허전합니다.

고작 오늘과의 헤어짐인데 다른 이와 이별했을 때처럼 마음이 허전해지니,

도대체 내가 얼마만큼 그대를 사랑하는 것일까요?

그대의 집으로 조금씩 더 다가갈수록 나는 헤아릴 수 없는 절망에 가까워집니다.

찬란한 어두움인가요! 당신이란 사람, 내게 그런 사람입니다.

그대만큼은

영원할 것 같았던 사람들과 너무 많은 이별을 했습니다.
그대만큼은 절대 이별하지 말았으면 하는 바람입니다.
늘 함께하던 친구들과도 느끼지도 못한 채 멀어지고,
의리를 외치며 뭉치던 선후배들과도 별다른 이유 없이 흩어졌습니다.
지금 내 곁의 사람들도 시간이 지나면 많은 이들이
내 곁에 없으리라는 쓸쓸한 사실도 이미 알고 있습니다.
하지만 그대만큼은 어떠한 일이 닥쳐도 결코 잃지 말았으면 참 좋겠습니다.
쉽지 않은 일에 대한 기대, 그대도 나와 같은 생각이면 참 좋겠습니다.

믿음

나는 그대를 믿어요. 그대가 사랑한다는 말을 믿고,

그대가 보고 싶다는 말을 더 믿고, 그대의 따스한 마음을 굳건히 믿지요.

그대가 가끔 차가울 때, 화를 낼 때면

그대를 사랑하는 마음보다 믿는 마음으로 나, 견디고 헤아립니다.

그대도 역시 나를 향한 사랑만큼 믿음이 자리 잡아 그리할 수 있겠지요.

돌이켜 보면 처음엔 사랑해서 믿었는데, 이젠 믿어서 사랑한다 생각됩니다.

커지는 믿음만큼 그대를 참 사랑합니다.

돌멩이

그대를 생각하면, 날리던 종이를 가만히 누르고 있는

돌멩이 같다는 생각을 하게 됩니다.

나 얼마나 부는 바람을 따라서 이리저리 갈피를 잡을 수 없이 날아다녔던가요!

바람에 날아가다 물에 젖어 흩어지는 슬픔을 겪기 전에

그대는 지긋하게 나를 묵묵히 지탱해 주고 있습니다.

이제 아무리 세찬 바람이 나를 에워싸도 더 이상 끄떡도 하지 않겠지요.

아무것도 더는 필요하지 않습니다.

이제 내겐 그런 나를 지그시 누르는 그대가 있으니.

화분

아무 보살핌이 없어도 푸르게 자라던 화분 하나.
마냥 두고 지내다 보니 어느새 떡잎도 생기고, 말라서 색이 변하는 가지도 있습니다.
물을 주고 비료를 주니 언제 그랬냐는 듯이 처음의 푸른 몸짓으로 다시 기지개를 켭니다.
자칫 들여다보지 않았으면 어쩔 뻔했냐며 한숨을 내쉽니다.

화분에서 눈을 떼니 그대 얼굴이 스쳐 갑니다.
그대를 한번 들여다볼 때가 된 것 같습니다.
세심한 관심이 필요할 때가 온 것 같습니다.

미완성이기에 아름다운

색이 바랜 그대의 마음이기에 그대를 찾아 새롭게 덧칠할 수 있었고,
악보가 끊어진 그대의 노래이기에 그대와 어울려 함께 만들 수 있었으며,
다음 편이 궁금한 그대의 꿈이었기에 그대를 만나 귀 기울여 들을 수 있었는데,
그대가 완벽한 사람이었으면 내가 사랑할 수 있었을까요?
그대가 완성된 사랑이었다면 평생을 가슴에 품을 수 있었을까요?
미완성이기에 아름다운 존재. 그래서 그대를 참 사랑합니다.

내가 있잖아

내가 삶에 힘겨워하는 모습에 그대는
내게 더없이 활짝 웃으며 "내가 있잖아."라고 합니다.
그럴 때마다 나는 그대가 쌓아 놓은 견고한 성안에 있는 듯
참으로 마음 든든하고 편안해집니다.

일에 쫓기고 피로에 지쳐 있는 저녁에 그대는
나를 슬며시 품에 안으며 "힘내!"라고 합니다.
그럴 때마다 나는 그대가 있어 주어 어떤 어려움이 닥치고
아무리 아프더라도 다 이겨 낼 수 있는 힘이 솟아납니다.

이 외로운 세상, 시리고 험한 세상에서 그대가 지켜 주기에
나는 모진 일에 주저앉고 한 발 잘못 디뎌 넘어져도
툭툭 털고 일어나 뛰어갈 수 있습니다.
나 또한 항상 정말 든든하게 그대를 끝까지 지켜 주겠습니다.

좋은 예감

좋은 예감이 든다면 그 사람 마음을 얻고자 무리하지 말아요.
봄이 오면 가만히 두어도 새싹이 나고 꽃이 피듯이
좋은 예감은 틀림없이 순탄한 사랑을 펼쳐 냅니다.

가끔 너무 힘이 든다고 마음 다치고 절망하여 그만둘까 생각지 말아요.
몸을 위해서 운동을 하듯 마음을 위해 체력을 기른다 생각하며
멈추지 않고 달려가다 보면 참 좋은 일이 있을 겁니다.

미래가 보이는 사랑이라면 급히 시간을 거슬러 앞질러 가지 말아요.
이미 두 사람의 마음이 한결같고 굳건하다면
미래의 사랑은 분명 이미 행복으로 정해져 있을 겁니다.

~하기를

사랑하는 사람과의 운명을 믿는다면……

그 사람에게 집착하지 말기를. 구속하지 말기를. 쌓아 두지 말기를.

내 자신에게 솔직하라 말하기를. 오해 말라 이르기를. 뒤끝 없게 행하기를.

서로 마주 보고 존중하라 말하기를. 감싸 주라 이르기를. 너그러이 행하기를.

참 좋은 사람

매력 있는 사람보다, 멋지고 예쁜 사람보다 참 좋은 사람 만나십시오.
말 잘하는 사람보다, 재미있는 사람보다 올바른 사람 만나십시오.
사랑을 자주 말하기보다 고백을 아끼는 사람, 존중할 줄 아는 사람을 만나십시오.

매력 있고 멋진 사람은 참 많지만, 예쁜 사람은 참 흔하지만
참 좋은 사람 정말이지 없습니다.
말 잘하는 사람은 많고 재미있고 웃긴 사람 흔하지만
바른 사람 참 드뭅니다.
사랑을 말하는 사람, 불처럼 뜨거운 사람 참 많고 많이 들리지만
늘 한결같은 바위 같은 사람 어디에도 잘 없습니다.

찰나의 느낌으로 사랑이라 말하는 세상.
끝까지 변치 않는…… 사랑함이 생의 모든 것인
그런 일생의 사랑을 부디 만나십시오.
사랑한다는 흔한 말보다 내 인생의 짐을 함께 나누는
그런 깊이 있는 사람을 꼭 알아보십시오.

그대 이름

그대 이름에 밑줄 하나 그었습니다.
같은 이름 많고 많아도 밑줄 하나만으로
세상 하나뿐인 그대입니다.

그대 이름에 동그라미 하나 채워 봅니다.
늘 부르던 그대 이름인데 동그라미 하나만으로
가슴이 벅차오릅니다.

그대 이름 옆에 내 이름 석 자 적어 봅니다.
가만히 바라보고 있기만 해도 슬며시 웃음이 납니다.

고백

두 손으로 해를 받치고 사랑 고백을 합니다.

태양이 옮겨 가는 곳으로, 눈이 부시어 뜰 수 없어도 해를 받치고 있습니다.

해가 질 때까지 이대로 있어도 괜찮습니다.

당신은 내 메마른 입술에 물 한 모금만 축여 주세요.

그럼 당신이 받아 주는 것으로 알겠습니다.

사랑은 가장 고귀한 의리

가끔 잊어버리지 않는지 모르겠습니다.
사랑하는 사람은 지금 내게 가장 가까운 절친한 친구라는 것을.
서운하게 했다고 다투었다고 헤어져 버릴 거라 투덜거리며,
이성으로부터의 인기를 보험으로 여기며 다른 사람을 만나 보진 않았는지요?

사랑은 세상에서 가장 중요한 의리입니다.
시간이 오래될수록 믿음을 지키고, 상대가 힘겨워할수록 함께 있어 주며,
가까이 바라보기보다 멀리 내다보며, 모나도 감싸 주고, 모자라면 채워 주며,
한번 맺은 약속은 절대 저버리지 말고, 은혜를 마음에 새겨 잡은 손 놓지 않는,
세상의 의리 중에 가장 고귀한 것이 사랑일 겁니다.

유전자 잠식

사랑은 점점 그대를 닮으며 살아가는 거지.
그대가 좋아하는 노래를 듣고, 그대가 즐겨먹는 음식을 먹고,
그대가 꾸는 꿈을 꾸는 거지.
그러니 점점 닮을 수밖에 없는 거지.
사랑이라는 세포의 무차별 번식으로 함께 시작된 유전자의 점진적인 변이에
나는 점점 그대가 되어 버리는 거지.

나의 우성 유전자는 그대가 모두 잠식하여 내 안의 나는 너무 작아져 버렸지만,
멀리서도 그대의 생각을 읽고, 그대가 원하는 걸 척척 알고,
그대가 아프면 통증도 함께 느끼는 초자연적인 능력이 생겨 버린 거지.
힘겨움도 즐기게 된 정신세계와, 세상이 눈부시게 보이는 부작용이
치명적인 오류가 될 듯하지만……

뭐 어때. 둘이 닮아 버린 탓에 함께하면
그 어떤 힘센 고통도 무너뜨릴 수 있는 강한 힘이 생겼잖아!

봄날에 꽃씨 하나

사랑은 교통사고 같은 것이라고들 한다.
예기치 않게 와서 부딪히기에 사람들은 교통사고처럼 사랑이 온다고 말한다.

내게 사랑은 봄날에 우리 집으로 우연히 날아든 꽃씨 같은 것이라 말하고 싶다.
예정된 목적지도 없이 일정한 속도 없이 바람에 흩날리다
이미 정해진 것 같은 익숙한 땅, 하지만 처음 와 닿는 곳에서
행복을 꿈꾸는, 날이든 꽃씨를 품는 일이라고 그리 말하고 싶다.

어차피 그 엄청난 확률로 일어나는 생애의 일이라면,
모진 표현 대신 이 넓은 지구 위에서 봄날에 꽃씨 하나
우리 집 마당에 앉는 것이라고 표현하고 싶다.

Cinema Parasiso

편집되지 못한 영화의 장면들처럼 지난 사랑의 추억들이 머물고 있다.
분명 시간이 흐르고 있었을 그때였는데, 추억은 끊어진 신이 되어
내 마음에서 무작위로 선택되어 꺼내어진다.
그리고 이제 지난 사랑의 이름을 불러 보면 대답하는 것은
그 사람의 목소리도 아닌, 얼굴도 아닌, 그 어느 날 짙은 순간의 기억들이다.

지난 사랑들은 내 인생의 명장면들로 마음의 필름 창고에
각자의 이름표를 달고 언젠가 상영되기를 기다린다.
아마도 그 필름들은 내 인생의 마지막 순간에 한 편의 멋진 영화로 결국 완성되어
화려한 파노라마로 처음이자 마지막으로 개봉될 것이리라.

사랑은 충분히 아름답지

이루어진 사랑은 일상의 남루함만을 가지고,
이루어지지 않은 사랑은 화려한 비탄을 선물로 받지.
사랑은 꼭 이루어진다고 아름답진 않아.
이루어지지 않은 사랑도 충분히 아름답지.

진실했다면, 한순간이라도 행복했다면,
마음속에 깊은 상처를 설령 남겼다 해도
단 한순간도 기억해 내기 싫은 사랑이 아니라면 충분히 아름답지.
하나의 추억이라도 있는 사랑은 충분히 아름답지.

chapter 7 Dream

시작

얼마 전 연애를 시작한 후배가 오늘 드디어 손잡기에 성공했다고
요란한 이모티콘과 함께 기쁨에 겨운 톡을 보내왔습니다.
흔히들 이야기합니다.
연애를 시작하고 나서 가장 행복한 순간은 처음 손을 잡을 때라고.
하긴 요즈음은 하도 빨라서 손잡는 것보다
키스가 먼저였다는 이야기도 가끔 들었지만
그래도 처음 손을 잡는 순간,
가슴에 풍선처럼 차오르는 벅찬 감정이야말로 연애에 있어서
가장 행복한 순간이라고 생각합니다.

이제 두 사람은 손을 잡고 걸을 테지요. 손을 잡고 걷는 일이야말로
세상에다 우리는 연인이라고 인증받는 일이라 생각하기에 참 흐뭇한 마음이 듭니다.
후배에게 머지않아 아마 손만 잡고 자는 일도 겪을 거라고 했습니다.
손만 잡고 잔다고 했을 때는 정말로 손만 잡고 자라고 일렀습니다.
아침에 눈을 떴을 때 옆에 자고 있는 사람이 그 사람인 것만으로
너무 행복한 마음을 꼭 한 번은 느껴 보라고 했습니다.
연애로 느낄 수 있는 행복은 모두 느낄 수 있는, 후배의 새로운 사랑이 되었으면,
그래서 가슴 터질 듯 벅찼으면 좋겠습니다.

꿈의 종착역

과거로 가는 꿈을 꾸곤 해. 꿈속에선 꼭 그리운 사람들을 만나지.
첫사랑이라든가 애달프게 그리웠던 사람, 이미 세상을 등진 배우까지…….
꿈속의 나는 어리고, 활기가 넘치고, 행복한 시간 속에 머물러 있지.

그러나 꿈속에서 만나는 이들은 모두 다 슬퍼.
나를 보는 한순간 한순간들이 너무 애절해 보이거든.
하긴 내가 애절한 건지, 그들이 애절한 건지 분간이 안 될 때도 있지만…….

대개 그런 꿈은 끝까지 가지 못하고 깨어 버려.
그것도 꼭 가장 행복한 순간 즈음에 말이지.
꿈에서 깨면 심연까지 깊숙한 그리움이 나를 한숨짓게 하지.
그리고 꼭 눈물이 한 줄기 흘러내려 있어. 슬픈 꿈도 아니었건만…….

그 꿈은 그리운 듯 그립지 않은 사람들이 사는, 잊혀진 듯 잊지 못한
나의 망각의 역은 아니었을까?
내 의지대로 추억할 수도 없는, 돌이킬래도 돌이킬 수 없는 망각. 그 종착역 말이지.

Super Hero

슈퍼 히어로 영화를 참 좋아하지.

강한 적을 무찌르는 주인공의 엄청난 활약에 애틋한 로맨스.

아이들뿐 아니라 어른들마저 슈퍼 히어로 영화를 좋아하는 것은

어쩌면 우리 모두가 한때 슈퍼 히어로를 꿈꾸었기 때문은 아닐까 하는 생각을 해.

두려운 운명에 맞서는 용기로 결국 모든 걸 이겨 내는 멋진 주인공이 되어

지금 사랑하는 사람을 위해서는 무엇이든 해 주고 싶은 마음이 공감되니까 말이지.

사실은 나 이런 사람이었다고,

완전히 다른 모습을 보이고 싶은 행복한 상상도 했을 거야.

한때 가끔은 나도 다른 별에서 온 특별한 능력을 가진 슈퍼 히어로가

아닐까 하는 생각을 하고는 했어.

때가 되면 엄청난 능력이 나타나 세상을 구하는 존재가 될 거라는 생각.

지금……? 지금 내게는 그대가 슈퍼 히어로야.

이 답답한 현실에 믿을 수 없이 나타나

내가 살고 있는 세상을 번쩍 들어 올려 주고 있으니 말이지.

사랑할 자격

초등학교 시절, 반에서 마음에 드는 아이가 있으면 관심을 받기 위해
과자나 책 선물을 하고 짓궂은 장난을 하다가도 생일날이면 집으로 초대도 했었다.
그 아이의 마음과는 상관없이 교실에는 나와 그 아이가 사귄다는 소문도 나고,
심지어는 그 소문 때문에 반 친구와 싸웠던 적도 있었다.

자라면서는 드라마와 영화를 접하며 사랑한다면서 헤어지는 사람들을 이해할 수 없었고,
내가 아는 사람들이 평생을 지켜 주지도 못할 것을 알면서 '영원히'라는 단어를 쓰는 것,
혹은 쉽게 사랑을 맹세하는 것을 듣고선 마음으로 불편해하기도 했었다.

하지만 나이가 들면서 사람이 한 사람을 사랑하는 데에도
참 많은 자격이 필요하다는 것을 깨닫게 되는 것은 어렵지 않았다.
마음을 나누고 서로 아껴 줄 사람만 있으면 평생 행복할 수 있으리라는
어린 시절의 생각은 참으로 바보 같았고, 사랑하지만 헤어진다는 말의 뜻도
이제는 헤아리고 알 수 있게 되었다.

그리고 알게 되었다. 삶의 투쟁 속에서 치열하게 사는 사람들은
욕심을 채우기 위해서가 아니라 대개 자신의 사랑을 위해서, 자격을 갖추기 위해서,
혹은 그 사랑을 지키기 위해서라는 것을 알게 되었다.

그럴 수 있을까?

내가 노인이 되었을 때 당신은 여전히 내 곁에 있을까?

만약 그때 당신이 내 곁에 없다면 나는 어찌 당신을 추억하고 있을까?

혹시 당신 얼굴조차 희미해지고 목소리도 기억이 나지 않는 것은 아닐까?

먼 훗날 내 청춘을 떠올리면 모든 게 당신일 수 있을까?

한 번쯤은 당신이 보고 싶어서 밤새 뒤척이는 날도 있을까?

세상에서의 마지막 날이 오면 당신에게 고마웠다고 되뇌며

조용히 눈감을 수 있을까?

그럴 수 있을까?

그리워 웃다

당신은 살아가다 힘겨울 때……
나와의 따스한 추억에 기대어 위로를 받고 있을까?
건네던 따뜻한 손길과 위로의 말들과 꼭 안아 주던 포근했던 품을 생각하며
그래도 따스했던 사랑을 되뇌어 낼까?
그럴 때 내가 있었으면 참 좋겠다며 흐리게 웃으며 머리를 쓸어 올릴까?

당신은 세상살이가 먹먹할 때……
어디선가 나를 만날 듯한 예감에 사로잡힐 때가 있을까?
오늘은 왠지 예기치 않게 나를 마주칠 듯한 끌림에
우리 자주 가던 곳으로 발걸음을 옮기기도 할까?
나를 만나지 못해도 한두 시간 동안은 보고 싶은 마음뿐인 그런 저녁이 있을까?

나는 가끔 그러하거늘 당신도 아주 가끔은 내가 그리워 웃을 때가 있을까?

잠이 오지 않는 밤

샤워를 하고 찬물 한 컵 마시고 잠자리에 드니 배가 고파집니다.

라면 하나 끓여 먹을까 하다 참습니다.

오늘따라 배가 고파 잠은 오질 않고 먹고 싶은 음식만 하나둘 떠오릅니다.

김치찌개, 비빔밥, 치킨에 피자까지.

물이나 한 잔 더 마시고 자야겠다고 냉장고 문을 열어 찬물을 한 컵 마십니다.

그 순간 한밤의 허기를 참지 못하고 나를 24시간 국밥집으로 끌고 들어가던

그대의 웃는 얼굴이 스쳐 갑니다.

뜨거운 국물에 밥을 말아 후후 불며 맛있게 먹던 그대의 얼굴이 사라지지 않습니다.

차가운 소주잔을 부딪치며 즐겁던 우리. 그 정겹던 날들이 떠올라 멍해집니다.

이제 배고픔은 잊었는데 환하게 웃던 그대 얼굴이 잊히질 않습니다.

도무지 잠이 오질 않습니다.

당신이라는 곳으로의 여행

당신이라는 곳으로 여행을 합니다.
만발한 꽃들의 반김으로 설레서 가슴이 터질 듯한 출발입니다.

당신이 흘러가는 곳에 있습니다.
때로는 세찬 물살, 이내 잔잔한 물결, 가끔 넘치기도 하는 강이 있습니다.

누군가 머물다 간 곳에 와 있습니다.
시간이 꽤 흐른 듯한 지금도 오래된 얼룩과 깊이 박아 놓은 못이 있습니다.

참 변덕스러운 날씨입니다.
어제는 햇살이 화창하더니 오늘은 한없는 빗줄기가 내리고,
내일 당신의 일기예보는 흐림이라고 합니다.
그래도 당신의 세상을 여행하며 내 생애 이처럼 행복한 날들이 없었습니다.

당신의 푸르름, 당신의 따스함, 당신의 애처로움이 있는
이 여행을 가슴 깊이 평생 간직할 것입니다.
종착역까지 결코 멈추지 않을 겁니다.

사랑이라는 승부

사랑을 이룬 사람들의 공통점은 사랑을 이룰 때까지 지켜보았다는
아주 간단한 명제, 어찌 생각하십니까?
그들이라고 지친 날 없었겠으며, 잠을 이루지 못하고 뒤척인 날,
서글펐던 날, 하루 이틀뿐이겠습니까?

또 하나 잊지 말아야 할 것.
화가 나거나 지쳐 그만둔다면, 이미 평정을 잃었나면
모든 승부에서 실격패라는 명제.
사랑이라는 승부, 꼭 끝까지 지켜봅시다.

더 큰 사랑

자신보다 넓은 바다, 높은 산 같은 사람의 마음을 얻고자 안간힘을 쓴 적 있습니까?
그 바다의 파도가 높다 하여 몸을 잔뜩 부풀려 맞서려고 하며,
그 산에 오르기 어렵다 하여 지름길을 찾으려 하진 마십시오.

산은 멈추지 않고 날아오르는 새의 메아리를 받아 주고,
바다는 묵묵히 항해하는 배를 품어 주고 지켜 줄 것입니다.
바다는 가까이 볼 수 없고, 산은 내려다볼 수 없음을 원망하고 탓하지 마십시오.
아예 곧은 시선으로 멀리 바라보고, 편히 낮은 자리에서 오르려 하십시오.

바이러스

그대에게 지쳐 가는 마음이 있기에 한번 마음을 다잡고 되돌아보게 됩니다.
그대가 있음에도 왜 이처럼 외로운지, 항상 그대에게 최선임에도
왜 이처럼 마음이 허한지도 스스로에게 묻습니다.
혹시 우리 인연이 아닌 것일까 생각도 해 보고,
그대가 나를 사랑하지 않는 것은 아닐까 하는 마음에 서글퍼지기도 합니다.
단 하루도 제대로 마음 편히 행복한 날 없었는데,
왜 나는 그대를 사랑하는가 하는 의문을 가집니다.
참 많이 힘겹던 날, 몸이 아프던 날에도 위로 한마디 없던 그대인데
생각하며 힘없이 웃기도 합니다.

물론 좋아질 겁니다.
그대의 따스한 말 한마디에 언제 지쳤냐고 반문하며,
강아지처럼 좋아서 그대를 따르며, 농담 한마디에 더없이 크게 웃을 겁니다.
하지만 가슴 한켠엔 예전 같지 않은 싸한 느낌의 마음도 분명 있을 겁니다.
그대의 이기적인 마음에 역시 그렇지 하는 체념도 이제는 가져갈 듯합니다.
그러고 보면 지쳐 간다는 것이 나쁘지만은 않은 항체 같다는 생각을 하게 됩니다.
그대를 겪으며 내 몸이 생성해 낸 항체. 가슴 한켠의 싸한 마음은 항체가 생긴 신호입니다.
그대에 대한 기대가 죽어서 면역이 생기고, 그대에 대한 바람이 죽어서 나는 튼튼해집니다.
절망이라는 바이러스가 와도 전에 이겨 본 적 있는 지쳐 감 때문에
이쯤이야 하면서 거뜬하게 버티겠지요.
내 몸에 강한 항체를 심어 준 그대. 그것만으로 인연 맞습니다. 분명히 그러합니다.

사랑만큼은 목적이 아니길

사랑하는 사람의 손을 잡으려 기회를 엿보고 조바심 내기보다
손을 잡고 싶어 하는 그 마음만 헤아리게 하십시오.

손을 잡은 사람을 포옹하기 위해 애쓰지 말고, 주춤거리지도 말고
손이 참 따뜻하다 하십시오. 분명 더 따뜻한 품을 내어 줄 겁니다.

품에 안은 사람에게 키스를 하기 위해 어색해하지 말고, 눈빛을 들키지 말며
그저 당신을 사랑한다고 말하십시오. 그 말에 백만 번의 입맞춤은 시작됩니다.

안 그래도 목적만을 쫓는 우리입니다.
사랑만큼은 목적이 아니길, 정말 아니길 바라며 살아가십시오.

간장게장

간장게장을 먹지 못했습니다. 맛있는 음식도 많은데
저 비린 것을 어찌 먹냐고 한 번 입에 대고는 먹지 않았습니다.
음식 중에 간장게장을 가장 좋아하는 당신입니다.
처음 함께 먹으러 가선 그냥 삼키다시피 먹으면서도 맛있게 먹는 척 다 먹었습니다.
먹지 못하는 음식을 억지로 먹어서인지 집에 돌아와
속이 좋질 않아 다 게워 내고 소화제를 먹었습니다.
그래도 행복했습니다.
당신이 맛있게 먹는 모습은 떠올리기만 해도 날 흐뭇하게 만드니까요.

다시 간장게장을 먹으러 가선 난 양념게장을 시켰습니다.
역시 비리고 물컹한 느낌이 영 내 입맛은 아니었습니다.
두 가지 모두 맛있게 먹는 당신을 보니 그저 행복했습니다.
너무 맛있게 먹는 당신이 신경 쓰일까, 눈치챌까 봐 역시 맛있게 먹는 척했습니다.
양념게장 역시 못 먹기는 마찬가지인지라 집에 돌아와
체한 느낌에 한참 불편해 소화제를 먹었습니다.

아마 당신은 내가 간장게장을 먹지 못한다는 사실은 영원히 모를 겁니다.
예전에 간장게장 먹고 심하게 두드러기가 났던 이야기는 끝까지 못할 것 같습니다.
분명 당신에게 말하면 당신이 나와 간장게장을 먹으면서
콧노래를 부르며 즐거워하는 모습을 다시는 볼 수 없게 될 테니까요.
간장게장, 나도 참 좋아합니다. 양념게장, 나도 참 맛있습니다.

손때 묻은 사랑

이젠 사랑에도 손때가 참 많이 탔다. 손때…… 아주 딱 맞는 표현이다.
나이를 먹어 오면서는 누굴 사랑하긴 했었는지도 모르겠다.
나이 먹어서의 사랑은 사랑이 아니라 사건이었다 싶다.
이리 받히고 저리 깔린 교통사고. 이리 터지고 저리 터진 폭력 사건.
이리 속고 저리 버림받은 사기 사건.
그리 손때를 많이도 타 반질반질 아주 질이 잘 들어 버린 것 같다.

상대방이 어떻게 대해야 좋아하고, 진전이 있고, 마음을 얻는지도 알았다.
사물을 투시하듯 마음을 보는 법도 알았다.
그런 내가 담담하게 사랑에 대해 말할 수 있을까?
아님 아주 관념적이고 불온한 사랑을 말할까? 미치게 그립고 보고 싶던
그런 사랑을 말할 수 있을까?

스물하나의 나는 사랑하는 사람의 환한 웃음 한 방에 정신이 나갔었는데…….
스물셋의 나는…… 흠모하던 여자와의 키스 한 번에 몇 년을 그리워했는데…….
나이를 먹어 버린 나는…… 공들여 작업한 여자와의 첫 여행도 그다지 감동적이지 않거늘…….
이제 내겐 그것이 연애든 유혹이든 키스는 식상하고 당연해서 재미없고,
이제는 한 번씩 툭툭 던져 주는 '애교'나 '애정', 아님 '도발' 이든지 그런 게 좋더라.

작업을 하면서 한참 너스레를 떠느라 "나, 이래 봬도 순정파요." 했더니
"그건 아닌 거 같은데." 하면서 뒤에서 손가락으로 등을 쿡 찌르는데,

서로 보고 웃게 되었는데…… 그게 그렇게 좋더라.
순수한 우유보다 발효된 요구르트 같은,
곰삭은 김치 같은 그런, 흘러간 삼류 영화 같은
그런 게 참 좋더라.

마지막 퍼즐 한 조각

조카녀석이 라푼젤 퍼즐 한 조각이 없어졌다며 찾아달라고 아우성입니다.
침대 밑을 보아도 없고, 주방까지 모두 찾아봐도 퍼즐 조각은 나오지 않습니다.
결국 울음을 터트리는 조카에게 비어 있는 퍼즐 조각 부분에
급히 색연필로 비슷하게 그려 넣었지만 조카는 이게 아니라고 더 크게 웁니다.
달래다 못해 같은 퍼즐 사러 가자고 조카 손을 잡고 벌떡 일으키는데,
조카 엉덩이에 붙어 있던 퍼즐 한 조각이 툭 떨어집니다. 왜 그리 반갑던지요.
잃었던 퍼즐을 맞추니 조카가 환하게 웃습니다. 언제 울었냐는 듯 아주 환히……

그 순간 나도 그대를 만나기 이전에는 한 조각 빠진 퍼즐로 살아왔구나
하는 생각이 문득 마음을 스치고 지나갑니다.
빈 자리에 아무리 다른 사람을 채워도 맞지 않았는데,
이제 그 자리에 꼭 맞는 그대를 만나 채워진 나이니까요.
절대 잃어버리지 않겠습니다.
한 조각으로 내 전부를 채워 준 내 인생의 마지막 퍼즐 한 조각.
사랑하는 그대.

심수봉

술 마신 날은 스마트폰에 저장된 노래를 유난히 많이 듣는다.
평소에는 잘 듣지 않는 지난 가요들만 골라서 듣곤 한다.
넬, 김동률, 이적, 이소라와 김현철, 그리고 심수봉.
당신과 내가 수봉이 언니, 언니 하면서 불렀던 노래들.
'그때 그 사람', '미워요', '남자는 배, 여자는 항구',
'사랑밖에 난 몰라'…… 그때는 참 신이 났었다.

어지간히 술을 마시고 노래방을 가면 처음에는 둘 다 조용한 노래를 불렀었네.
그때, 당신은 발라드를 많이 불렀지. '귀로'와 '하루하루', '바람이 분다',
'애인 있어요', '만약에', '총 맞은 것처럼', '체념', '눈의 꽃' 따위를.
그러다 마지막 남은 5분쯤은 우리가 언제나 수봉이 언니를 외치던 시간이었다.
노래책을 안 봐도 외우고 있던 그 번호를 익숙하게 연속으로 예약해 두고
마이크 하나씩 붙잡고 같이 열창을 해대던 시간. 거의 악을 쓰면서 부르던 시간이었다.
남들이 들으면 쟤네들 정신 나갔나 할 정도로 신나게 불러 대던 시간.
'미워요'를 부를 때 '당신만이 사랑이에요' 그 가사 부분의 당신 모습을 생각한다.
손으로 나를 가리키면서 장난스럽지만 따스한 눈빛을 보내던 당신의 그 표정.
'사랑밖에 난 몰라'를 부를 때에 당신은 간드러지게
심수봉의 콧소리 흉내를 내며 지그시 눈을 감고 열창을 했고,
언제나 거의 마지막 노래였던 '남자는 배, 여자는 항구'는 언제나 그렇게 불렀다.
끝부분의 '남잔 다 그래' 그 가사를 하고 나면 왜 많이들 그러듯이
'여잔 더 그래', '내 건 안 그래' 그러곤 반주 마치면 막 웃던 기억.

사실 별로 우습지도 않았지만 노래방에서의 시간이 즐거웠기에 많이 웃었던 것 같다.

노래방을 나와서도 약간 남은 취기에 다정하게 팔짱을 끼고 흥얼거리던
심수봉의 노래. 그러다 서로 얼굴이 마주치면 빙긋 웃어 버리곤 한 그때.
오늘처럼 술 마신 밤이면…… 아니 새벽까지도…… 즐거웠던 그때가 생각이 난다.
둘이 함께 휘청거리며 4차 가자며 선술집을 찾곤 하던 그때가 생각이 난다.
심수봉을 들으면 웃음이 난다.
그리고 웃고 있어도 시큰해지며 눈물이 난다. 사랑밖에 난 모르던 그때 생각이 난다.

봄날은 간다

따뜻한 봄밤입니다.
봄기운으로 가득한 당신을 처음 만난 그때의 날씨입니다.

당신과 첫 대면 후 우린 참 자주 마주쳤었네요.
그래요. 어딜 가든지 당신은 그곳에 있었습니다.
그땐 커피 한잔하고 싶다는 말도 잘 나오지 않았지요.

당신이 내게 하던 그 인사는 참 이쁘기도 했었네요.
"안녕하세요." 참 발랄하고 반갑게 인사를 했었지요.
한번은 무심코 길을 가다 당신의 그 큰 목소리에 깜짝 놀란 적도 있었지요.
그때 까르르 웃던 당신. 그 느낌, 말로는 아직도 도저히 표현이 불가능하군요.

우린 알게 된 후 몇 주 동안 마주치기만 했지만
난 그런 당신에게 희망을 가질 수 있었답니다.
나와 마주친 후 지나가며 당신 친구와 나누던 이야기.
당신이 무어라 말을 하면 친구가 힐끔힐끔 나를 뒤돌아보곤 하던……
분명 내 이야기임을 알 수 있었네요.
그때는 당신과 아무 이야기도 나누지 않았을 때이지요.
오로지 내가 아는 건 당신의 이름과 모습, 그리고 느낌.
나랑 같은 학번이라는 것. 그리고 몰래 알아낸 전화번호.
그래도 당신을 안다는 것만으로 참 행복했던 그때였지요.

강의 시간, 책을 보면 그 위에 아른거리던 당신의 얼굴.
봄볕 가득한 창밖으로 여학생이 지나갈 때마다 당신일까
창밖을 자꾸만 바라보곤 한 우습던 내 모습이 생각납니다.
그리고 가끔씩 당신 생각에 넋이 나가 멍하던 모습도…….

오늘 아침엔 누군가 집으로 학교 때의 여자 친구라며 전화를 했다 하더군요.
내가 자고 있을 때라 통화는 하지 못했습니다.
하지만 절대 당신일 리는 없을 거라 생각했습니다.
아니, 그러면서도 당신일 수도 있다고 생각했습니다.
헛된 생각임을 알지요. 봄이어서 그랬나 봅니다.
당신을 처음 알았던 봄이라서 그런가 봅니다.

학교 동산에서 몽우리를 맺던 개나리와 진달래처럼,
연두색으로 파릇파릇 올라오던 키 작은 잔디처럼
그렇게 내 마음이 피어나던 그때여서인가 봅니다.
하지만 난 알고 있습니다. 당신에 대한 그리움마저 이젠 포기했다는 것을.
세월이 그렇게 만들었지요.

오늘 BGM은 김윤아의 '봄날은 간다' 입니다.

학교 운동장

노을이 아련히 내려앉은 초저녁의 학교 운동장을
그 사람과 가끔 가곤 했었습니다.
내게는 참 묘한 매력을 갖고 있던 곳이었네요.
어른이 되어 버린 지 오래이지만 학교 운동장만 가면
왠지 그때의 순수한 마음으로 돌아간 듯했지요.
또 그 사람과 동감하는 이야기도 참으로 많았습니다.

초등학교 때 얘기는 왜 다들 똑같은지 모르겠다며
옛이야기에 공감하면서 웃었던 우리.
매번 보면서도 아직 팔고 있다 좋아하며
종류별로 한가득 담곤 했던 학교 앞 문방구의 불량식품.
플라타너스 나무 아래 벤치에 앉아 이어폰을 나눠 끼고
그 사람과 음악을 듣던 초여름의 저녁이 그리워지네요.

파도도 없는데 밀려들던 그리움.
산도 없는데 외치면 추억이 메아리로 돌아오던 그곳.
그 사람, 결혼해서 아이가 초등학교에 들어가면
꼭 자모회장이 되어 치맛바람깨나 일으킬 거라 농담도 했었는데…….
세월이 많이 흐른 지금…… 자모회장의 꿈은 이루었는지……
가끔 플라타너스 나무 그늘 아래 앉아 내 생각깨나 하는지 참 궁금하네요.

스티커 사진기

지금은 없어진 동네 편의점 앞에 있던 스티커 사진기.
그곳을 지날 때마다 그대는 나를 사진기 안으로 잡아끌었지요.
나 저거 작년에 찍어 봤는데 닭살 돋아서 못하겠더라,
나 저거 찍으면 괴물 같이 나와, 괜히 돈만 버릴 걸 뭐하러 해⋯⋯.
하지만 며칠 후 둘이 거나하게 술이 취했던 날, 결국 찍었지요.

그때 스티커 사진을 찍어서 손에 들고 집으로 오면서
세종문화회관 기둥, 가로등, 주차해 놓은 남의 차 유리와 번호판⋯⋯
둘이 우습다고 낄낄대면서 술김에 눈에 보이는 곳엔 죄다 붙였더랬죠.
다음날이 되어서야 우리가 얼마나 엄청난 일을 저질렀는지 심각함을 느끼고,
누가 알아볼까 쪽팔림에 재빠른 수거 작업에 들어갔지요.
하지만 술김에 어느 곳에 붙였는지 기억이 가물가물, 몇 장 수거하지도 못했답니다.

지금도 우리가 미처 찾지 못했던 곳에 그때 그 사진이 붙어 있을까요?
둘이 볼을 맞대고 참 즐거워라 낄낄대면서 찍었던 스티커 사진.
우리가 찾지 못했던 곳, 스티커 사진의 우리는 아직도 어디선가 다정할까요?
그때 우리가 스티커 사진을 붙인 그 자동차는 번호판에 우리 얼굴을 붙인 채
아무 일도 없었다는 듯이 지금도 달리고 있을까요?
우리는 이미 멈추었는데 말이에요.

라면

내가 자기 왜 만나는지 알아? 그 이유 좀 우스운데. 웃긴데 이야기해도 돼?

내가 그때 봄에 자기 찾아왔을 때 자기는 라면 먹고 있었어.

근데 나, 자기가 TV 앞에 쭈그리고 앉아 TV 보면서 라면 먹는데

그 모습 참 측은하고 외로워 보이더라. 그때 나, 눈물 쬐끔 났었어.

자기가 라면 먹다 나보고 웃는데, 그때 자기 눈이 꼭 강아지 눈 같더라구.

강아지 눈, 왜 괜히 불쌍해 보이면서 초롱초롱하잖아. 아무튼 그랬어.

별 웃긴 놈 다 보겠네. 라면 먹는 놈 불쌍하면 오천만이 다 불쌍하냐?

내가 365일 라면만 먹는지 아나. 나, 엥겔지수 높은 거 알잖아!

그게 아니고. 그때 그랬다는 거야. 에구, 자기 이럴 때 보면 정말 강아지 같애.

그것도 입 튀어나온 똥개 강아지.

오늘 저녁은 내가 살게. 라면에 김밥. 라면 땡긴다, 그치?

그대 때문에 참 많이 웃습니다

저것들 참 뻔뻔하다, 그치? 가서 한 대 콱 때려 버려? 머리끼리 꽝 박아 버려?

아이구, 이것들아. 야동을 찍어라. 여자가 더 하네, 더해.

여기가 무슨 모텔인 줄 아나. 어쩌나 앞에서 대 놓고 봐 줄까?

날씨가 좋은 저녁 무렵, 집 앞 공원에는 연인들이 참 많습니다.

작년 여름처럼 아직 그다지 많은 것은 아니지만

그래도 군데군데 자리를 차지한 다정한 연인들.

사람이 많음에도 아랑곳하지 않는 연인들의 대담한 애정 표현들.

내 곁엔 스포츠 중계하듯 연인들의 애정 표현을

모조리 거들어 웃고 있는 사람이 있습니다.

귀여운 꼬마가 우리 앞을 뛰어다니면 아이가 너무 이쁘다며 환하게도 웃는 사람.

뛰어가던 꼬마를 잡아 앞에 세우고는 아이의 키 높이로 쪼그려 앉아서 활짝 웃는 사람.

몇 살? 이름 뭐야? 누나가 과자 줄까? 오빠, 얘 볼 좀 봐. 오동통한 게 너무 이쁘지?

그러고선 슬며시 내 어깨 위에 머리를 기대어 오는 다정한 사람.

사랑이 참 많은 사람, 참 잘 웃는 사람.

그대 때문에 나도 참 많이 웃습니다.

THÉ

安 예쁜 여자

오래전에 나의 절친은 스스로 '안 예쁘다' 얘기하는 여자를 만났습니다.
안 예쁜데 왜 만나냐고 핀잔하니…… 말없이 멋쩍게 웃기만 했습니다.
내가 보기에도 절친이 좋아하는 스타일과는 전혀 거리가 멀었고 예쁘지 않았습니다.

언젠가 절친과 그 사람과 함께 만난 적이 있었습니다.
영화를 보고는 분식집으로 식사를 하러 가서 우리 둘은 돈가스를 시켰습니다.
그런데 돈가스를 먹던 친구가 맛이 없다며 수저를 내려놓자
그 사람이 그만 먹고 나가자며 친구와 나의 팔을 잡아끌었지요.
그 사람은 식당에서 나오자 한 친구에게 전화를 하더군요.
또 우리를 마트로 데리고 가서 한가득 장을 보았습니다.
그러곤 자취하는 그 사람의 친구 집에 우리를 데리고 가서 돈가스를 만들었습니다.
그 모습에 '정성이 가득 담긴 여친표 돈가스'라고 막 추켜세워 주었던 기억이 납니다.
처음 보는 그 사람의 친구와 같은 식탁에 앉아서 먹었던 돈가스는 정성 때문에
참으로 맛있었습니다. 내가 먹었던 돈가스 중에 가장 맛있는 돈가스로 기억될 만큼.
이후로 가끔 우리 셋은 같이 만났습니다.

지하철이나 버스에선 꼭 자리를 양보하고 노인분들을 돕던 그 고운 마음씨와
내가 밥을 사거나 친구가 길을 가다 작은 핀 하나를 사 주어도 "고맙습니다." 하고
고개를 꾸벅 숙이던 그 사람. 겨울이면 길 가다 보이는 자선냄비에 지갑을 털던 그 사람.
절친은 결국 마음에 없다는 그 사람과 결혼했고, 너무나 행복하게 살고 있습니다.

언젠가 친구에게 물었던 적이 있었습니다.

처음에 내가 물었을 때 굳이 '안 예쁘다' 그랬냐고?

역시 친구는 말없이 웃었지만 나는 깨달을 수 있었습니다.

마음이 예쁜, 안이 예쁜, 편안하게 安 예쁜 아내를 둔 절친의 행복을…….

이제 간신히 내 생각이 나는지요?

길을 가다 어떤 여자와 스쳤습니다. 그 여자에게서 장미 향기가 나더군요.
아마도 장미 향 향수를 뿌렸거나 장미 향이 나는 화장품을 가졌기에
그런 향기가 났겠지요.
짙은 향기도 아닌데 코끝이 싸해지고, 난 잠시 멍해졌습니다.

그대, 작은 튜브의 장미 향 핸드크림을 늘 가지고 다녔었지요.
우리가 처음 만났을 때부터 헤어질 때까지 그대는 그 장미 향이 나는
핸드크림을 썼습니다.
항상 손을 씻고 난 후엔 가방에서 그 핸드크림을 꺼내어
토닥토닥 손에 바르던 그대였지요.
핸드크림이 너무 많이 나와 손에 바르고도 남을 때면
짓궂은 표정으로 씨익 웃으며 내 얼굴에 쓱 문지르던 그대.
내 얼굴이 손바닥이냐며 나는 그리 빈정거리기도 했지만,
그대의 장난기 어린 다정한 웃음과 모습이 결코 싫지 않았습니다.

코끝을 스쳐 간 장미 향기가 참 서글픕니다.
이제 더는 그대가 생각나지 않을 듯하여
오늘 하루는 지난날의 그대 생각을 많이 하려 합니다.
그대, 그대도 그러합니까?
길을 가다 박하 향이 나면, 내가 뿌리던 향수 내음이 나면
이제 간신히 내 생각이 나는지요?

나를 유심히 들여다봐 준 당신

아침에 길을 나서는데 통조림들이 골목 화단 위에 차곡히 쌓여 있었습니다.
모아서 버리려고 다가서니 빈 캔이 아니라 내용물이 가득 차 있는 온전한 캔이었습니다.
대수롭지 않게 여기고는 곧 누군가 찾으러 오겠지 싶어
그냥 두고 가던 길을 걸었습니다.

저녁에 집에 돌아오는데 보니 그때까지 그 자리에 통조림 캔은 그대로 있었습니다.
뉴스에 가끔 나오는, 독극물을 넣어 임의의 사람들을 노리는 나쁜 짓일 수 있다 싶어
캔을 버리려고 집어 드는 순간, 그건 사람이 먹는 통조림이 아니라
강아지 사료임을 알 수 있었습니다.

나란히 있는 캔을 들어 보니 바람에 날아갈까 통조림 캔 밑에 끼워 둔 메모가 있었습니다.
'초인종을 눌러도 안 계시기에 메모를 남깁니다. 우리 강아지에게 매일 주던 간식입니다.
사정상 강아지 키우는 이웃분께서 가져가시라고 대문 옆 화단에 둡니다.'

수많은 사람들이 이 골목을 하루 종일 지나갔을 텐데 아무도 이 통조림 캔들을
눈여겨보지 않았고, 이 집에 사는 분들도 그다지 궁금해하지 않았다는 생각에
마음 한켠이 쓸쓸합니다.
이 사료 캔을 먹던 강아지는 분양을 갔을까, 무지개다리를 건넌 걸까
하는 생각에 울적해지기도 합니다.

강아지 사료 캔들을 챙겨 초인종을 눌러 건네고 오며 생각합니다.

이처럼 누구도 눈여겨보지 않은 채 있던 나를 유심히 들여다봐 준 당신.

그리고 내 마음에 차곡차곡 쌓인 외로움을 하나하나 내려 주던 당신.

땅똥! 하며 초인종을 눌러 준 당신. 오늘따라 더 많이 보고 싶습니다.

문

병원에 갔다가 구내식당에서 점심식사를 하는데,
옆자리에서 시각장애인 한 분이 식사를 하고 계셨지.
한쪽 구석엔 커다란 몸집의 안내견이 아주 얌전히 주인을 기다리고 있었고.
그분이 식사를 마치고 일어서자 안내견이 벌떡 일어나더라구.
그러더니 이내 앞장서 좁은 식당 탁자 통로 사이를 뚫고 나아가더군.
그런데 닫힌 곳에 익숙지 않은 안내견의 특성 때문인지
식당 입구를 찾지 못하고 계속해서 이쪽저쪽으로 헤매고 있었지.
보다 못한 직원이 나서서 출입문을 열자 안내견은 그제야
급히 주인을 이끌고 문밖으로 신나게 빠져나가더군.

그 모습을 보고선 내게서 떠나고 싶어 하던 사람 생각이 났지.
내가 나가는 문을 가르쳐 주고 열어 주었어야 했는데 가만있었던 기억.
닫아 둔다고 그게 최선은 아니었는데 그 사람은 얼마나 헤매었을까 싶어.
그 사람 이제라도 자유로웠으면 해.
누구의 마음에도 갇히지 말고 자유롭게 뛰어다니기를 바라는 마음이지.

바보

어린 시절, 우리 동네엔 바보가 한 명 있었습니다.

그 바보는 비가 오지 않아도 늘 우산을 들고 다녔습니다.

나를 좋아했던 그 바보는 가끔 그 우산으로 나를 괴롭혔습니다.

나를 찌르고 도망가며 즐거워하던 그 바보.

어느 날, 아이들과 놀던 나는 비가 와서 움푹 팬 곳에 넘어진 적이 있었습니다.

온통 젖어 울고 있는 내게 어디선가 그 바보가 나타나 일어나라고 우산을 내밀었습니다.

지금도 비가 와서 우산을 펼 때면 생각나는 그 바보. 잘 살고나 있는지 모르겠습니다.

어른이 되어서도 내 곁엔 바보 하나 있었습니다.

나를 사랑했던 그 바보는 정작 좋아한다는 말 한마디 못했습니다.

그러면서 가끔 짜증도 냈습니다. 내게 바람 맞는 것을 밥 먹듯 하며,

왜 너는 그렇게 사느냐고 가끔 내게 화를 내던 그 바보.

내가 병으로 수술을 했을 때 그 바보는 어디서 소식을 들었는지

병실에 찾아와선 나를 안고 울기부터 했습니다.

난생 처음 그 바보 품에 안긴 채 병원복의 어깨가 그 바보의 눈물로 젖어야 했습니다.

지금도 내 몸의 흉터를 만질 때면 생각나는 그 바보.

이제는 나를 잊고 잘 사는 건지 모르겠습니다.

사랑하는 사람이 곁에 있으면 벼랑 끝도 만만하다

주말 산행길에서 가파른 곳에 피어 있는
솜다리꽃 무리가 예쁘다며 사람들이 사진을 찍고 있었습니다.
부부로 보이는 커플의 아내분이
솜다리꽃 사진을 가까이서 찍으려다
휴대전화기를 가파른 곳으로 그만 떨어뜨렸습니다.
순간 가파른 곳에 떨어진 전화기를 주우러
서슴없이 내려가려는 남편분의 모습과
위험하니 그만두고 내일 새로 전화기를 구입하자며
만류하는 아내분의 모습을 볼 수 있었습니다.

그때 중년 신사 한 분이 그 커플을 보시며 조용히 한마디 하시는 것을 들었습니다.
그러게, 사랑하는 사람이 곁에 있으면 벼랑 끝도 만만해 보이는 법이지.
그대…… 당신도 나를 위해 벼랑 끝이라도 만만하게 갈 수 있겠습니까?

chapter 9 Memory

기억하십니까?

기억하십니까……?

우리 만난 지 얼마 되지 않았을 때 감기 몸살이 걸린

당신을 위해 직접 전복죽을 끓여서 당신 집에 들고 갔던 일…….

분명 혼자 있다던 당신 집을 찾아가서 초인종을 눌렀을 때 나온,

눈썹이 반밖에 없는 사람을 보고 깜짝 놀라고 말았던 일.

그리고 얼떨결에 "저, XX이 있습니까?" 하고 당황한 채 물어봤던 일.

분명 혼자 있다 했는데 이 아가씨는 동생이나 언니인가 싶었죠.

당신은 한참을 깔깔대면서 "오빠, 나야."라고 했었죠.

화장한 얼굴만 보다가 처음 보게 된 당신의 맨얼굴.

어쩜 그렇게 다를 수가…… 놀란 기색을 감추느라 애를 먹었죠.

그날을 생각하면 지금도 마음이 움찔거리고

가슴에서 뜨끈뜨끈한 무엇이 타고 올라옵니다.

당신 집 옆의 화단에 앉아서 이야기를 나누다가

갑자기 내 입술을 덮친 그때만 생각하면 말이죠.

그리고 그때 난 눈을 뜨고 보았었죠.

나에게 키스해 주며 너무도 행복한 표정을 짓던 당신의 얼굴을…….

눈이 반달이 되면서 웃음을 머금고 있던 당신의 기쁜 표정을…….

참 오래된 기억인데 그 기억만큼은 어제인 듯 또렷하게 남았습니다.

……계절이 바뀌는 이 무렵의 공기에선 당신 내음이 있습니다.

입을 옷이 없다고 툴툴대던 당신에게 아웃렛에서 옷을 한 아름 사 주며
"백화점에서 사 주지 못해서 미안해." 하면 입술을 삐죽하며
귀여운 표정으로 고개를 저어 대던 당신이…….
그리고 특유의 그 반달눈이 되며 웃던 당신이
"선물 받았으니 나도 무언가 해 줘야지." 하면서 무릎 위로 폴짝 뛰어
안겨 오던 당신에게는 보랏빛 안나수이 내음이 났습니다.

그래서 나는 당신만은 밉지 않습니다.
당신 바로 전에 나를 송두리째 망가뜨려 놓고 간 모진 여자…….
비록 당신도 비슷한 연유로 헤어지게 되었지만,
당신은 한순간이라도 나를 사랑했었으니까…….
만신창이가 되어 있던 나를 꼬옥 많이 안아 주었으니까…….
그리고 그 모진 여자, 나보다 더 그 여자에게 심한 욕을 해 주던
그 일들로 인해 나 위로받았으니까.
길 한복판에서 내 신발 끈이 풀어졌을 때에도 주저 없이 내 앞에 쪼그려 앉아
내 신발 끈을 매어 주던 그런 가슴 찡한 여자였으니까…….

누가 나에게 드라이브를 가자고 하면 나는 꼭 남산엘 갑니다.
조금도 주저할 필요 없이 내 목적지는 그리 늘 남산입니다.
당신 때문이죠.
회사 동료와의 결혼을 앞두고도 내게 미련을 버리지 못했던 당신은

결혼을 사흘 앞두고 내게 왔었습니다.

마지막 기회라고, 제발 나 좀 잡아 달라고, 붙들어 달라고…….

신랑 될 사람의 차를 타고 와서는 그와 다정히 찍은 사진을

앞에 매달아 둔 채 당신은 나를 보며 눈물을 뿌렸죠. 또 애원했었습니다.

나는 남산 아래로 보이는 야경만을 바라볼 수밖에 없었습니다.

내가 당신을 용서하지 못했던 것은 아닙니다.

당신은 이미 떠난 사람이었으니까. 그리고 결혼을 사흘 앞두고

그랬던 당신의 행동은 진심이 아니었을 겁니다.

홧김에 결혼한다던 억지 역시도…….

홧김에 한 결혼…… 어찌 행복하답니까!

어쩌다 전화 와서 "오빠 아들 잘 있는지 안 궁금해?" 했던

섬뜩한 농담이 생각나는군요.

이혼하고 가면 받아 주냐던 섬뜩했던 농담 역시도…….

그 사흘 전…… 내가 운명을 틀었다면 어찌 되었을까요?

우리 행복할 수 있었을까요?

한가로운 휴일…… 당신과 자주 걷던 길을 걸으며 가끔은 그런 모습을 상상합니다.

당신과 나, 당신을 닮아 이쁜 아이를 앞세우고 행복하게 동네 산책을 하는 모습을…….

사랑하는 우리 애인 잘 있었어······?

집에 돌아오는데 한 단에 천 원 하는 꽃다발을 파는 트럭이 있더라구.

길 가는 여자들이랑 아저씨들은 저마다 꽃 한 다발씩을 들고 걸음을 재촉하고······

꽃 트럭 앞에서는 줄 서 있는 손님들을 위해 부지런히 천 원짜리 꽃다발을 포장하는

아저씨······.

꽃 트럭 앞을 지나오니 오래전 연애할 때 생각이 나대.

연애할 때 꽃다발 참 많이도 안겨 주던 나였거든.

그리고 문득 슬퍼지기도 하더라. 제법 좀 많이.

봄이 가는 딱 이맘때······ 시작한 연애가 있었지.

둘이 술 거나하게 취해선 스티커 사진을 찍어서

남의 차랑 전봇대에도 붙여 대면서 낄낄거리던 일······.

휴일에 조용한 광화문 거리를 반바지 차림에 슬리퍼를 딸각딸각 끌면서

입에는 아이스크림을 물고 걷던 일······.

야구장에서 미치도록 응원을 하고 돌아오던 좌석버스에서

서로 몸을 기댄 채 손을 꼭 잡고 쌔근쌔근 잘도 자던 일······.

토요일 저녁, 사람들이 미어터지는 신촌의 백화점 앞에서

키스해 달라던 요구를 거절하지 못했던 일······.

초인종을 듣고 내가 문을 열어 주면 내게 푹 안겨 오며

"사랑하는 우리 애인 잘 있었어?" 하면서 볼을 비벼 대던 일······.

내일 하루쯤은······ 자고 일어나 그녀를 만날 수 있었음 좋겠네.

그래서…… 천 원짜리 꽃 트럭에서 온갖 꽃들 다 골라서

한 삼 만 원짜리 꽃다발도 안겨 주고…….

느긋하게 장도 보고, 아이스크림 입에 물고

조용한 휴일의 광화문을 한 바퀴 산책도 하고…….

"사랑하는 우리 애인 잘 있었어……?"

하는 질문에 "그래. 잘 있었어."라고 대답하고 싶네.

"사랑하는 우리 애인 잘 있었어……?"

너무 오래된 사랑이 남긴 그 말에 가슴 한켠이 아릿해 오네…….

다 잊었다 생각했건만…… 정말 다 잊었다 생각했건만…….

10월의 어느 하루……

내일 서울의 기온이 2도까지 떨어진다는 이야기에 이불을 바꿨다.

솜이불을 침대 위에 펼치는 순, 코끝으로 확 들이치는 겨울 내음…….

무언지 모를 허전함에 컵라면 하나 끓여서

캔맥주를 들이키는데 순간 머릿속으로 무엇이 휙 하니 스쳐 갔다.

바로 오래전 헤어진 그녀의 얼굴…….

벌써 오래전 이야기였음에도 겨울 내음에 오버랩되던

그녀 얼굴이 어찌 그리 서글프던지…….

지금 시간 오후 10시, 그녀가 아르바이트를 마치고 피곤한 몸을 이끌고 들어오던 시간…….

저녁식사도 하지 않고 들어오는 그녀의 손에 늘 들려 있던 건

캔맥주 서너 개와 아이스크림…….

"사랑하는 우리 애인 잘 있었어?"

하면서 쓰러지듯 팔을 내 어깨에 대고 안기던 그녀…….

나를 만났을 때 삐쩍 마른 몸매에 입마저 짧았던 그녀 때문에

난 그녀보다 먼저 귀가해서 9시부터 참 바쁜 한 시간을 보내야 했다.

그녀를 위한 영양식 준비에…….

피망, 어묵, 불고기감, 당근, 떡볶이떡을 간장으로 양념을 한 궁중떡볶이나

새우 살과 토마토, 브로콜리, 얇게 썬 마늘에 모차렐라 치즈를 뿌린 스파게티.

토마토케첩을 넣고 졸여 낸 닭감자볶음. 다시마 멸치 육수로 만든 어묵유부국수.

그리고 프루츠 칵테일에 옥수수, 스팸, 메추리알, 양상추, 오이, 방울토마토, 치즈,

상큼한 드레싱에 벌꿀까지 듬뿍 넣어서 양푼으로 만들어 내밀던 초대형 샐러드.

버섯과 칵테일 새우를 갈아서 가츠오부시를 넣고 끓여 주던 버섯새우죽까지…….

늦은 밤에 먹어야 하므로 자극적이지 않으면서도 영양 많은 식단을

준비해야 했기에 나름 참 바빴지만 먹어 줄 그녀 생각만 하면 참 좋았다.

덕분에 나를 만나는 동안 그녀의 몸무게는 보기 좋게 늘었고, 참 건강하기도 했다.

안아도 뼈 소리가 안 나서 좋다는 야한 농담을 하면서 흐뭇해하기도 했고…….

추워지는 이맘때면 게으름 하나는 천하무적 최강이었던 그녀는

집에 있으면 춥다고 이불 속에서 나올 생각을 하지 않았다.

화장실도 참았다 모아서 갈 정도였으니…….

그것도 아기처럼 이불을 몸에 돌돌 두르고 종종걸음으로 화장실을 다녀오던 그녀.

그리고 그녀의 이불을 비집고 들어가서 함께 보낸 다정하고 따뜻했던 우리의 시간들.

그냥 얼굴만 마주 보고 있어도 좋았고, 서로 껴안고 있기만 해도 너무 행복했던 순간들.

내게 입맞춤을 하며 짓던 반달 눈웃음, 체온이 더해진 이불 속의 포근한 온기…….

생각하니 내 인생에서 참 행복했던 시간이다.

나중에 생을 마칠 때 하느님께서 내 인생에서 딱 하루 돌아가고 싶은 날로

돌려 보내주시겠다 하면 나는 주저 없이 그녀와의 하루를 택할 것이다.

날씨가 추워지는 딱 이맘때 10월의 하루…….

나는 그녀를 위해 세상에서 가장 맛있는 식사를 준비하고 그녀를 기다릴 것이다.

그동안 참 많이 보고 싶었노라며……

그녀가 오면 내가 먼저 그녀를 따뜻이 안아 줄 것이다.

그리고 옆에 누워 속삭일 것이다.

내 일생, 늘 변함없이 지금껏 당신을 사랑했노라고…….

그리고 그녀를 껴안고 영원히 깨지 않는 잠을 잘 것이다.

절대 영원히 깨지 않을 깊고 깊은 잠을…….

집밥이 먹고 싶다

시금치 데치고, 콩나물 무치고, 도라지무침 만들고,
명란 넣은 계란찜에 고등어자반 구워서
장조림과 김치찌개도 해서 집밥을 먹고 싶단 생각이 들었네.
장조림에는 메추리알 삶아서 고추도 넣고, 나물은 참기름 쳐서 고소하게,
김치찌개는 멸치 육수로 끓기 전에 스팸도 넣고……
그러고 보니 내가 예전에 만났던 대학 후배와의
아주 조용하게 끝맺었던 이별 생각이 나네.
어느 날엔가 아침에 시장을 잔뜩 봐 와선
손수건으로 머리를 질끈 묶고 대청소를 하던 그녀.
그러고선 밑반찬을 만들더니
참치김치찌개랑 계란찜에 햄을 구워선 식탁에 차렸지.
아무런 말 없이 말이지.
단 한 번도 내게 밥을 해 준 일이 없던 그녀였기에 의외이기도 했지.

식사를 다하고 설거지를 마치고선 그녀가
내게 와서 느슨하지만 따스한 포옹을 청했지.
몇 분이고 한참을 그렇게 나를 안고 있던 그녀는
아주 낮은 목소리로 이별의 말을 꺼내더군.
"선배한텐 나 많이 모자라요. 나보다 더 좋은 여자 만나요."
통속적인 이별 멘트이긴 했지만 그녀가 청한 그 이별에
도저히 아무런 말도 할 수 없더군.

정말 사랑했고 지금까지 생(生)에 가장 예뻤던 여자라 생각하지만

정말 입술을 뗄 수 없더군.

허나 세월이 오래 지난 지금도 그녀가 해 주었던

마지막 식탁은 영원한 추억이 되었지.

……헤어진 여자 친구에게 하루 날 잡아서

밥을 한번 해 주고 싶단 말을 한 적이 있었지.

"난 못해."란 말에 "내가 잘해." 하며……

정성껏 진수성찬을 한번 차려 주고 싶다고 했었지.

그 여자와의 이별 후에 한번 다시 만났을 때,

그 여자가 울면서 다시 만나고 싶다 했을 때……

아무리 다시 만날 마음이 없었어도…… 콩깍지가 벗겨져……

싫어져 아무리 더 보기 싫었어도……

밥이나 따듯하게 한번 정성껏 해 줄걸 그랬단 생각이 들었지.

그러곤 가슴 한켠이 짓눌린 듯이 아프기도 했고……

식사 마치곤 지그시 한번 안아 줄걸 그랬단 생각에 마음이 싸해지기도 해.

그랬음 내가 그 옛날 후배와의 이별을 따듯하게 기억하듯

그 여자도 나와의 마지막을 그나마 따듯하게 기억할 수도 있었을 텐데.

그녀는 나를 그저 평생 가슴 시리게 기억했을 텐데.

그 여자, 계란찜을 좋아한댔지. "계란찜 꼭 해줘." 했는데,

치즈 넣고 맛나게 해 줄걸 그랬지…….

……난 요즘 집밥이 먹고 싶네.

냄비에 무랑 감자 깔고 양념장 맛있게 해서 갈치조림 만들고,

간장, 물엿, 설탕, 후추로 양념한 불고기랑 명태전, 호박전도 부치고,

두부랑 차돌박이 넣고 된장찌개도 맛나게 보글보글 끓이고,

싱싱하게 생굴 잔뜩 넣은 겉절이 김치도 담아서는……

정겨운 사람과 마주 앉아서

방금 지은 뜨거운 밥…… 한술 맛나게 뜨고 싶네.

내가 하든, 누군가 해 주든 집밥이 먹고 싶네.

아니 솔직히…… 헤어진 그녀에게……

마지막으로 정말 정성스럽게 집밥 한번 해 주고 싶네…….

내 맞은편에 앉아 치즈 넣은 계란찜을 맛있게 먹는 그녀가 정말 보고 싶네…….

문2

우리 아파트 출입구에는 양쪽으로 여는 유리문이 있지.
한쪽 문은 닫혀 있고, 다른 한쪽만 열리게 되어 있는 문.
손잡이도 같고 겉으론 구분이 안 되지만,
한쪽은 열리고 다른 쪽은 열리지 않는 문.
고정 문이라고 써 붙이지도 않은 문.
공교롭게도 사람들은 거의 열리지 않는 그 문부터 열려고 해.
어김없이 쿵 소리만 내는 열리지 않는 그 문을.
이곳에 사는 사람들, 매일 왔다 갔다 하면서도 거의 모두가 그 문을 열고 있지.

하긴 나도 그래. 나갈 때 왼쪽? 오른쪽?
들어올 때는 또 왼쪽이든가? 오른쪽이든가? 늘 헷갈리곤 해.
사람들은 열리지 않는 문을 열어 보려다 열리지 않는다는 것을 알며 다짐하겠지.
이제 알았다. 다음부터는 절대 실수 안 해야지. 왼쪽이지, 왼쪽. 나갈 때엔 왼쪽.
하지만 그런 다짐은 그 문을 열고 나가는 순간, 이내 까맣게 잊고 말 거든.
한 사람이 쿵 소리를 내고, 그 다음 사람이 잘 나갔나 싶으면 다시 쿵 소리가 나고…….

내게도 열리지 않던 문, 쿵 소리만 내던 문, 나를 아프게 했던 문이 있었지.
열리지 않는 문을 억지로 열고자 했던 그 아픈 기억의 사람이 내겐 있었지.
열리지 않아 쿵 소리를 듣고는 이 문이 아니지 다른 쪽 문이지 했다가
이내 다시 잊어버리고 절대 열리지 않는 그 문을 다시 열려고 손잡이를 잡았던,
이젠 만나지 말아야지, 이젠 정말 접어야지 하면서도 정작 마음처럼 하지 못했던…….

그래서 다시 쿵 소리를 듣고 이젠 알았다며 마음속으로 꼭꼭 다짐을 하던 나.

난 뜻하지 않은 곳에서 위안을 받은 거지. 모든 사람들이 나처럼 그랬었구나.
열리지 않는다는 것을 알면서도 또 잠시의 시간만 지나면 다시 열려고 하는구나.
열리지 않아 쿵 하는 소리를 들으면서도 한없이 열려고 하는구나.
대부분 사람들이 그렇구나. 저들도 잘났든 못났든 모두들 나처럼 바보 같구나.
꼭 열릴 것만 같은, 하지만 결코 열리지 않는 문을 열고 있구나.

노부부의 상점

집으로 오는 길이면 항상 들르는 곳이 있어.
늙은 노부부가 운영하는 길가의 작은 상점이지.
사람들은 큰 편의점을 두고서는
그 상점에서 음료수며 신문 사는 일을 좋아하는 것 같아.
나도 예외일 수는 없어 매일 두 번은 들르곤 해.
집에서 나와 어디론가 갈 때, 그리고 돌아올 때면 꼭……

그 이유를 넌 알 수 없겠지. 그 상점은 당신을 닮았어.
화려하진 않지만 아기자기하게…… 사람을 끄는 매력이 있거든.
오늘도 그 상점을 들르면서 노부부는 건강하신지,
유리창 깨진 곳이나 칠 벗겨진 곳은 없는지 유심히 보았어.
난 그 노부부가 여전한 것과 그 상점이 온전한 것을 매일 확인해야 해.
내가 생각해 둔 것이 있거든.
저 조그만 상점을 지나칠 때마다 당신을 한 번씩 생각하기로 말이야.
저 상점이 있는 한은 당신은 언제나 그리운 것이고,
저 노부부가 나를 보고 웃는 한은 당신으로 인해 행복한 거지.
오늘도 내 그리움은 여전하구나 하고 말이야.
더불어 나의 매일매일도 즐거운 거지.
당신의 아침 인사가 있는 신문을 사들고 나설 수 있고,
당신의 예쁜 목소리가 들려주는 Good-night을 듣고서
시원한 캔커피를 마시며 집에 돌아오니 말이야.

난 당신에게 그리 환하게 웃었듯이

오늘도 그 노부부에게 환하게 웃으며 인사를 했어.

그러므로…… 당신으로 인해 아직 난 행복한 거야.

아니 저 상점 때문에 모두가 행복한 거야.

chapter 10 Farewell

매운 떡볶이

매운 떡볶이를 먹다 갑자기 치밀어 오르는 매운맛에 눈물이 흐릅니다.

입속에 들어갔을 때에는 먹을 만하다 싶었는데,

어느새 매운맛은 목까지 타들어가 속이 쓰리고 머리가 아프기까지 합니다.

물을 마셔도 진정되지 않는 매운맛의 고통과 눈물에 친구는 괜찮냐고 묻습니다.

돌이켜 보니 매운 당신이었습니다.

당신과 헤어지고 나서 살 만하다고 느꼈는데, 어느 순간 확 치밀어 오르던

매운 당신이었습니다.

내 의지와는 상관없이 울음이 나고 숨이 막혀 가슴을 부여잡으며

고통스러워할 만큼 당신은 지독하게 매웠습니다.

친구는 내게 또 한 번 괜찮냐고 묻습니다.

나는 괜찮지 않습니다.

당신이라는 매운맛, 지금까지도 참 쓰라립니다.

책상 서랍

몇 년 만에 책상 서랍을 정리합니다.

서랍에 들어가 단 한 번도 꺼내어지지 않은 물건들은 과감히 쓰레기통에 넣고,

예전에 쓰던 핸드폰의 배터리나 오래된 약봉지들도 따로 버릴 준비를 합니다.

가끔 찾을 것 같은 물건들도 따로 정리해 지퍼백에 넣고,

흩어져 있는 엽서나 오래된 사진들도 따로 가지런히 모았습니다.

한때는 중요했던 물건들이 모인 첫 번째 서랍 정리가 끝났습니다.

제가 필요한 전자제품은 어디 두었는지도 모르는 채 홀로 뒹구는 어댑터들의

전선을 몸체에 감아 정리합니다.

유행이 지나 버린 음악 CD, 구닥다리가 되어 버린 MP3,

몇 년이 지나 버린 채 서랍에서 뒹굴던 영화 DVD들도 종이 박스에 정리합니다.

오래된 USB에 잡다하게 저장되어 있던 문서와 사진들을 보고 웃습니다.

몇 년 동안 나의 추억과 역사가 담겨 있던 두 번째 서랍의 정리가 끝났습니다.

마지막 서랍에서 오래된 잡지를 한 번에 들어내곤 한참을 멍해집니다.

비워진 채 먼지 내음만 풍기는 세 번째 서랍을 보니 잊혀진 당신이 떠올라 울컥합니다.

정리조차 하지 않은 채 덜컥 비워 버린, 한때는 잡지의 표지 모델처럼

환하게 웃으며 내 마음을 가득 채웠던 당신이 떠올라 울컥합니다.

이미 당신은 마음의 서랍을 다 비웠나요?

아니면 차곡차곡 정리한 채 셋째 서랍까지 다 채워 두었나요?

참 궁금합니다.

우는 남자

가로수를 끌어안고 헤어진 연인인 듯한 이의 이름을 부르며 우는 남자를 보았습니다.

많이 취한 것 같지도 않은 그 남자는 참 서럽게도 한참을 울었습니다.

그 남자는 어찌 그리도 아프게 연인을 떠나보냈을까요?

어쩌면 그리도 슬픈 이별을 한 것인지 모르겠습니다.

참 아픈 이별을 한 모양입니다.

가로수가 연인인 듯 끌어안고 우는 그 남자.

참 지독한 이별을 했나 봅니다. 지나가는 행인을 눈물짓게 만드는 저 남자.

꼭 더 좋은 인연을 만나서 이 길을 보란 듯이 걸으며 행복했으면 좋겠습니다.

그 가로수를 보며 멋쩍게 웃으며 지나갔으면 참 좋겠습니다.

달려가요

내가 보이면 항상 뛰어오던 당신.

당신이 깔깔대며 웃으며 달려오면 나는 장난스레 걷어차는 시늉을 하고,

당신이 환하게 미소 지으며 달려오면 양 볼을 어루만지며 반갑게 맞았으며,

우울한 표정이면 두 팔 가득 벌려 당신을 말없이 껴안아 주었지요.

가끔 숨 막힐 듯 바람처럼 달려와 내게 입맞춤해 주던 그런 당신.

하지만 내가 보여도 당신이 더 이상 빨리 날려오지 않았을 때 사랑이 식어 감을 느꼈고,

내가 보여도 천천히 걸어올 때 사랑이 끝났음을 알았습니다.

나를 향해 천천히 걸어올 때 당신의 걸음은 얼마나 무거웠었나요?

내가 영원한 도착점이 되지 못했음을 부디 용서해요.

이제 다른 누군가를 만날 때도 그처럼 힘차게 달려가요.

내 생각은 하지 말고, 다시는 천천히 걷지 말고…….

이메일 발신함

당신에게 받은 메일은 모두 지웠는데 당신에게 보냈던 메일은
발신함에 모두 남아 있습니다.
이제는 더 남아 있지 않음을 안타까워하며
당신의 흔적 찾아보기를 멈추지 않습니다.
이미 지워 버린 메일 수신함 페이지를 끝까지 넘겨 보고 더 이상은
당신이 오지 않는, 더는 아무것도 올라오지 않는 미니홈피도 가끔 들어갑니다.
더 이상 당신이 찾지 않아 올라올 것이 없다는 것을 알면서도 한숨을 내쉽니다.
보이지 않으면 잊혀질 것이란 생각은 그저 잠시였을 뿐,
도리어 내가 보냈던 메일 속의 당신 흔적을 찾아 헤매고,
내 미니홈피 속의 댓글까지 하나하나 당신의 흔적을 찾아봅니다.
'Re: '라는 제목이 붙은 발신함의 메일을 열어 보면 잊혀진 당신이 있습니다.
다 잊었다 생각했는데 날짜와 시간까지 선명히 남은 채 우리 그때 무얼 했는지도
남은 기록들과 함께 우리 찍은 사진까지 내가 보낸 답장 아래에 담겨 있습니다.

지금은 비워진, 한때 당신과 나의 미니홈피의 대문사진이었던
다정한 당신과 나의 사진 속에서 우리는 둘 다 환하게 웃고 있습니다.
당신도 그러한가 모르겠습니다.
메일 수신함만 지운 채 일부러 발신함은 남겨 두고 한 번씩 나를 꺼내어 읽고 보며
모두 비워진 내 미니홈피를 찾아와서는 야속해하는지, 허탈해하는지 모르겠습니다.
짧은 안부 메일이라도 보내 볼까 내 메일 주소를 클릭하고선
제목조차 어찌 정할지 몰라 한참을 멍하게 있는지 모르겠습니다.

別

찬란한 절망 하나 갖고자 '별'을 합니다. 둘이 하는 것이 이별일진대
혼자 하니 별이라 칭합니다. 別…… 별입니다.
당신이라는 사람을 바라보며 희망 고문에 살기보다
당신을 잃으며 홀연히 빛나고 눈물겨운 사랑 하나 있었다고 할 겁니다.
요즘 세상에 나 같은 미련곰탱이가 어디에 또 있겠냐는 핀잔 많이 들었습니다.
세상에 괜찮은 사람이 어디 그 사람 하나뿐이냐는 위로도 많이 받았습니다.
열 번 찍어 안 넘어가는 나무 없다고 응원해 주던 사람도 많았습니다.
그 핀잔, 위로, 응원도 이제 당신과의 추억의 일부가 되겠네요.
가끔 생각하면 멋쩍게 웃음이 나는 그런 기억이 될 겁니다.

너무 행복하지는 마십시오. 나처럼 당신을 위해 간절히 기도하는 사람을 잃었는데
너무 행복하다면 세상 참 불공평한 게 될 터이니까요.
혼자 오래 있지도 마십시오. 혹시라도 내가 당신 소식에 다시 한 번
남루한 희망으로 당신 곁을 맴돌게 될까 생각 참 어리석게 하고 있으니까요.
하지만 아프지 마십시오. 몸이든 마음이든 아프지 말고, 늘 평안하십시오.
가벼워지십시오. 마음의 짐이 있었다면, 혹시라도 내가 마음의 짐이었다면
나 따위 먼지처럼 털어 버리십시오.
사랑했었다는 말도 하지 않겠습니다. 이루어져야 사랑이지
내가 한 것은 당신에 대한 동경이었을 뿐이니까요.
잊지는 못하겠지만 잃겠습니다. 당신이라는 사람은……
別입니다…… 버립니다…….

이별

이별했으면 만나지 말라는 법은 도대체 누가 만든 건가요?
우리가 무슨 철천지원수이기에 연락조차 하면 안 되는 건가요?
당신 이름만 되뇌어도 눈물 나고 당신 얼굴만 떠올려도 걱정인데,
이별하면 당신에 대한 모든 것은 전원을 뽑듯이 꺼져야 하는 건가요?
아주 가끔씩 커피 한잔도 안 되나요? 일 년에 한 번 밥 한 끼 먹을 수도 없나요?

이별하면 연락하지 말라는 법, 헤어지면 만나지 말아야 한다는 말,
내게 가장 가깝던 사람을 이제부터 알지도 못해야 한다는 것은
세상에서 가장 말도 안 되는 일이네요.
안 그런가요? 영원히 사랑했던 사람,
하지만 이제 잘 지내냐는 안부조차 물을 수 없는 사람.

이별의 길

이별의 길도 평탄하게 내어 주는 것이
한때 사랑했던 사람에 대한 도리라고 생각합니다.
사랑했음을 이유로 하지 말아야 할 험한 말들을 하고,
미련을 이유로 이별을 길게 끌거나 자신의 슬픔을
굳이 헤어진 사람에게 전달하는 일도 없었으면 합니다.

아프지 않은 이별이 세상에 어디 있으며,
할 말이 남지 않은 헤어짐 또한 어디에 있겠습니까?
이별이 다 그런 거지요.
이별은, 적어도 시간이 흘러서 다시 한 번쯤은
그 사람 얼굴을 마주할 수 있는 이별이었으면 합니다.

행복하라고는 하지 못해도 행복하지 말라는 말은 하지 말고,
사랑이 있어서 할 수 있었던 이별에도 흠을 남기지 않게끔
훗날 그 사랑했음의 그리움이 온전할 수 있도록
그 이별이 숨을 쉴 수 있도록 배려했으면 합니다.

이른이별

내가 떠나보낸 당신이 그 다음 겪은 이른 이별을 보며 나 생각합니다.

나 때문은 아니었을까? 허전한 마음에 아무나 만난 건 아니었을까?

나와 비교되어서 자꾸만 내 생각이 나서 오래 만날 수 없었던 것은 아니었을까?

나의 세심한 배려에 길들여진 당신이 새로운 사랑에 녹아들지 못한 것은 아니었을까?

아닌 사람을 만나서 마음고생만 하다가 더 외로워지고 힘겨워진 건 아닌 건지?

생각이 참 많습니다. 당신이 어서 좋은 사람 만나서 이별 없는 사랑을 했으면 좋겠습니다.

새벽 한 시 편의점

새벽 한 시 편의점에 가면 당신의 모습이 있습니다.
창밖이 보이는 작은 탁자에 앉아 턱을 괴고
아이스크림을 맛있게도 먹으며 내게도 하나 건네주던 모습이 보입니다.
내가 보고 싶어서 달려왔다며 후드티에 화장기 없는 얼굴로
방긋 웃으며 과자 봉지를 힘차게 뜯던 귀여운 모습이 보입니다.
맥주 한 캔씩 사들고 동네 놀이터 그네에 앉아
깔깔거리며 참 많이 웃기도 했었지요.

새벽 한 시 편의점에 가면 문을 열며 가끔은 당신이 있을지도 모른다는 기대를 합니다.
당신이 나 같은 마음으로 동네 편의점에 와선
그때 새벽 한 시의 나를 찾고 있지 않을까 생각합니다.
억지겠지요. 하지만 한밤 자욱한 침묵 속의 기대이기도 합니다.

새벽 한 시 편의점에 가면 당신 참 눈물 나게 보고 싶습니다.

얼룩

음식점에서 식사를 하다 옷에 빨간 국물이 튀었습니다.
점원에게 물휴지에 주방 세제 조금을 묻혀 달라 하여
국물이 튄 자리에 꾹꾹 누르고 비벼서
국물 자욱을 빼려고 애를 썼습니다.
비비지 말고 그대로 집에 가서 세탁하란 점원의 말에도 아랑곳하지 않고
더 넓게 번져 버린 국물 자욱을 억지로 빼려 했습니다.
하지만 꿈쩍도 하지 않는 빨간 얼룩, 점 같았던 자욱들은 얼룩이 되었습니다.

그리 애쓰다 고개를 드니 문득 당신이 생각납니다.
잊겠다고, 잊어버리겠다고 내 마음 여기저기 당신의 자욱들을
마구 꾹꾹 누르고 비비며 급히 지우려 했던 것이 생각납니다.
이제 당신의 자욱들을 꾹꾹 누르지도 억지로 비비지도 않겠습니다.
당신의 자욱이 아직은 유독 나에게서 튄다는 점,
옷에 튄 빨간 국물 자욱처럼 신경이 쓰인다는 점,
지금은 씻으려 해도 더 넓게 번진다는 점, 인정하겠습니다.

당신 생각

오늘 한밤 마트를 돌고 나니 장바구니에는 당신이 머물던 사계절이 모두 담겨 있습니다.
그 봄의 나물 비빔밥, 그 여름의 달콤한 수박,
그 가을의 싱싱하던 꽃게, 그 겨울에 호호 불어 주던 찐빵.
당신은 없는데 나는 왜 당신이 좋아하는 것들로만 담아 왔는지 모를 일입니다.
당신 생각에 이끌려서였는지 주섬주섬 참 많이도 담았습니다.
마지막으로 와인도 한 병 담았습니다.
이 시간이면 항상 와인 한 잔으로 뒤척이며 잠자리를 청하던 당신.
비록 같은 공간은 아니지만 우리 건배 한번 하지요.
더구나 당신 닮은 쓸쓸한 비도 내리니까요.

잘 지내고 있나요?

영화 '러브레터'를 다시 찾아보았습니다.
설원 위에서 "잘 지내나요?"를 외치는 주인공의 모습은
다시 보아도 눈물을 자아내기에 충분합니다.

내게도 그런 사람 있었습니다.
운명의 끈으로 이어져 언젠가는 다시 만날 수 있을 거라 생각했지만,
그저 가끔 입술로 '잘 지내나요?'를 되뇔 수밖에 없었던 사람…….
그마저 이젠 지친 일상 속에서 잊었나 봅니다.
아니 잊었다 생각했을 뿐이지요.
영화 속 주인공의 외침에 갑작스레 눈물 나게
그 사람이 그리운 것을 보면 잊었다는 사실보다 묻혀진 것 같네요.

하지만 '러브레터' 주인공의 "잘 지내나요? 잘 지내고 있나요?"가
무디어졌던 그리움의 날을 파헤칩니다.
폭설 같은 그리움이 내 마음을 온통 뒤덮습니다.
잊혀졌던 그리움이 "잘 지내나요?" 한마디에 설렘이 되더니 이내 가슴이 벅차오릅니다.

나, 옥상에 올라 설원의 마음으로 외칩니다.
"잘 지내나요? 잘 지내고 있나요?"
눈물 나게 외쳐 봅니다.

되돌아가요

우리 이제 왔던 길로 되돌아가요.
처음…… 가졌던 당신이란 이름의 환희와
다음…… 새겼던 우리 미래의 각오와
요즈음…… 가졌던 그래도 당신이라는 긍정은
마음의 별 밭에 묻은 채 돌아가요.

숨을 쉴 때마다 당신 이름을 되뇌고, 고개를 들 때마다 당신 얼굴을 그리던……
자려고 누울 때마다 당신의 마음을 헤아려 보던 버릇은 이제 그만, 그만입니다.
당신 같은 사람, 길을 가다 뒷모습으로 참 많이 마주칠 겁니다.
키만 비슷해도 그 사람 당신일 거고, 옷만 비슷해도 그 사람을 보며
당신 이름을 부를 겁니다.
어쩌면 저 멀리서 들리는 당신 목소리에 한없이 끌려
인파 속을 헤맬지도 모를 일입니다.

못다 한 이야기는 꿈에서 나누도록 하지요.
처음의 환희와 다음의 각오와 요즈음의 긍정을.
당신과 나의 손을 포갠 채 내일 만날 약속도 꿈에서 잡도록 하지요.

벌써 그렇게

내 사랑이 가랑비였을 때
내 사랑이 소나기로 자라기 전에
그대는 벌써 그렇게 피해야만 했나요?
가랑비에 젖듯 그렇게 있어도 되었을 것을……

내 사랑이 산들바람이었을 때
내 사랑이 폭풍으로 자라기 전에
그대는 벌써 그렇게 숨어야만 했나요?
산들바람을 맞듯 그렇게 있어도 되었을 것을……

내 사랑이 몇 장의 사진이었을 때
내 사랑이 한 편의 영화로 바뀌기 전에
그대는 벌써 그렇게 내게서 돌아서야 했나요?
사진을 찍듯 그렇게 있어도 되었을 것을……

내 사랑이 슬픈 노래였을 때
내 사랑이 울음으로 바뀌기 전에
그대는 벌써 그렇게 나를 토닥여야 했나요?
노래를 듣듯 그렇게 있어도 되었을 것을……

나 그런 사람이 아니었음을

사랑을 하는 시간 동안……
나는 그런 사람이 아니라 하며 답답해한 적이 참으로 많았다.
꺼낼 수 없었던 말들과 전할 수 없는 메시지들에
나는 계속 그런 사람이어야 했으니까.

하지만 그 사랑이 끝이 나 버린 지금은 알아줄 것이라 생각한다.
나 그런 사람이 아니었음을, 적어도 당신을 변함없이 사랑했었음을,
아무도 모르게 가슴을 치며 살았던 세월이
꽤 오랫동안이었음을 알아줄 거라 여긴다.

그 예쁜 그대 웃음

한참 좋지 않은 느낌에 그대를 만나러 달려갔을 때,
참 힘겨운 하루였는데 어찌 그걸 알았느냐고
나를 보고 환해지는 그 얼굴에 가슴이 먹먹했습니다.
내게 걸어오며 차츰 밝아지던 그 웃음을 바라보며
우리에게 사랑이라는 감정이 있다는 것을 알았었지요.

문득 서글픈 느낌에 그대를 만나러 찾아갔을 때,
아무 일도 없다고 하며 흐릿하게 웃어 보이고는
말없이 한참을 바라보던 눈길이 참 아릿했습니다.
돌아오는 길에 차츰 옅어지던 그 웃음을 생각하며
오늘 우리가 헤어지는 날이라는 것을 알았었지요.

그대의 그 웃음 하나만으로도
내 생애 사랑만큼은 참 괜찮았다고 생각합니다.
그 예쁜 그대 웃음…….

헤어진 후에

나쁜 말들은 하나도 기억이 나질 않네요.
믿을 수 없었던 순간도 언제 있었는지 모르겠습니다.
복잡한 마음이 얽혀 하고픈 말도 다 못했구요.
머리가 멍하고 아파서 간절한 마음도 보일 수 없었습니다.
도무지 앞이 캄캄해서 당신의 표정도 보지 못했네요.
우리 그때 제대로 헤어진 것 맞나요.
그날 당신이 따스하게 포옹해 준 것만 생각나는데……

우리가……

우리가 이룰 수 있는 일이 얼마나 있을까?
고작 한 사람을 사랑하는 일도 이처럼 버겁고 마냥 서툴러 이르지 못하거늘…….

우리가 말할 수 있는 것이 얼마나 있을까?
한 사람에 대해서도 제대로 알 수 없어 상처에 기댄 시간투성이로 살아가는데…….

우리가 기억할 수 있는 것이 얼마나 있을까?
고작 한 사람의 기억도 흐르는 시간 속에서 다 간직하지 못해 슬퍼 울지도 못하거늘…….

술 한잔 마셨습니다

술 한잔 마셨습니다. 평소 때 같으면 많이 취했을 양인데,

속을 게워 내야 할 만큼 많이 마셨는데 정신이 멀쩡하고 속도 괜찮습니다.

노래도 불렀습니다. 분위기를 살리려 트로트를 열창하고,

여전히 녹슬지 않은 랩 실력도 자랑하며 최신곡으로 일행의 콧대를 눌렀습니다.

기분도 괜찮습니다. 친구들에게 기분 좋게 한잔 마셨다고

음주량이 많이 늘었다고 깔깔거리며, 술 마시니 보고 싶다고 전화도 돌렸습니다.

한참을 걸었습니다. 걷기 위해 택시에서 조금 일찍 내렸습니다.

집으로 가는 길이 더 멀게 느껴집니다. 오늘따라 긴 골목길이 더 조용합니다.

울기 위한 준비를 끝냈습니다. 그대와 항상 함께했던 술 한잔, 함께 불렀던 옛날 노래,

술 한잔에 발갛게 달아오르던 그 기분, 손을 잡고 함께 걸었던 골목길⋯⋯.

나, 오늘은 울어도 되겠습니까, 그대?

사랑했던 그 사람이 너무나 반갑습니다

이별이 오래되어 지난 사랑의 이름으로 다시 이어졌음에,
이미 사랑은 사라졌지만 알 수 없는 감정이 그 사람에게서 느껴졌음에,
힘들었던 이별마저 편해졌기에 웃음마저 배어 나오는 그런 때가 되었기에
우리는 만났습니다. 누가 먼저 이야기할 것도 없이 당연하게 만났습니다.

마치 연인이었던 그때처럼 통화를 하고, 다정했던 그날들처럼 저녁 약속을 잡고,
밤늦은 시간까지 함께 옛 추억을 이야기하고, 지금 살아가는 이야기도 나누고……
헤어지기 바로 전엔 가벼운 포옹도 하고, 웃으면서 손을 흔들며 다시 보자 인사하고…….
집으로 돌아와 문을 닫는데 그제야 눈물이 납니다. 마법 같은 재회였음에 웃음도 납니다.
사랑이 완전히 사라진 줄만 알았는데, 그 사람 생각에 잠시 설레고 심장도 뜁니다.

사랑했던 그 사람이 너무나 슬픕니다. 사랑했던 그 사람이 너무나 반갑습니다.

그 모든 것 위에 더한 사랑

인생에서 가장 힘겨운 시간들을 겪으면서
힘든 기색 티 하나 없이 묵묵히 지내다
사랑하던 사람을 잃고 난 한참 후의 어느 날,
복받쳐 오르는 보고픔과 다시는 닿을 수 없다는 서글픔에
욕조를 붙들고 주저앉아 서럽게 오랫동안 울었던 밤이 있었다.

신기하게도 다음날부터 그 힘겨운 시간이
견딜 만한 시간이 되어 주었고, 잘 이겨 낼 수도 있었다.
나의 무거운 심경을 가지고 멀리 떠난 사랑,
헤어짐마저도 내겐 커다란 선물이었던 사랑,
그리 돌아보면 내겐 카타르시스이자
그 모든 것 위에 더해 나를 살린 것,
사랑이었다.

나는 다시 사랑에 산다

내가 소년이었을 때 연애소설들을 읽으며
아름답거나 헌신적인 사랑 하나쯤은 내 인생에도 오리라고 생각했다.
최인호나 한수산의 소설을 읽으며 지고지순한 사랑을 꿈꾸었으며,
이문열의 소설을 읽으면서 운명적이고 비극적인 사랑을 꿈꾸었다.
하병무의 '남자의 향기'와 김하인의 '국화꽃 향기',
그리고 내가 정말 좋아하던 김윤희의 '잃어버린 너' 같은
소설을 읽으면서 나는 내게도 그런 헌신적인 사랑이 한 번은 찾아올 거라 생각했다.
하지만 내게 사랑은 늘 소설 속의 스토리와는 달리 초라하고 엉성하며,
때로는 생각하기조차 싫은 배신과 평생 지울 수 없는 상처로 펼쳐졌다.

내가 소년이었을 때 가졌던 사랑의 정의는 산산이 부서진 채
사랑은 이기적이고 찰나적이며 무조건적이 아닌,
목적을 가진 것이라는 정의를 내려야 했다.
교통사고로 전신이 마비되고 얼굴 반쪽이 일그러진 남자가 세상을 떠날 때까지
한마음으로 지킨 소설의 이야기는 더 이상 세상에는 없는 얘기였고,
암에 걸린 연인을 죽는 날까지 지켜 주고 그 연인은 태어날 아이를 위해
치료를 포기한 소설의 이야기는 현실에서도 보았지만, 홀로 남겨진 남자는
그 연인을 가슴에 묻고 새 출발하는 현실을 택할 수밖에 없는 것을 보았다.
내가 알던 장애우분과 모든 걸 이겨 내고 결혼을 했던 한 여자는
결국 아이와 남편을 두고 떠나 버렸고, 결국 자신의 인생을
스스로 버리는 남자를 지켜보며 서글픈 마음을 감출 수 없었다.

그럼에도 나는 다시 사랑에 산다. 너무 많이 알아, 너무 깊게 다쳐

더는 가지 않으리라 했는데 그럼에도 나는 뛰는 가슴에 그 인연을 달고 간다.

소년의 순수와 청년의 열정은 모두 다 잃었지만, 그럼으로 애써 냉담하기보다

이 사랑이 내 인생의 마지막 사랑이라 생각하고 내 모든 것을 걸고 간다.

누군가는 조건을 따져 만나라 하고, 다른 누군가는 미래를 생각하면서

깊이 생각해 보라고 한다. 어떤 이는 내게 그 사랑에게 기대를 걸지 말라고 한다.

나를 바보라고도 한다.

그런 이들에게 나는 대답한다.

세상에 대수롭지 않은 인연이란 없다고 말한다.

나를 만난 인연으로 인해 그 인생의 길이 완전히 달라질 수도 있다고,

세상엔 이런 사람도 있구나 하는 것을 나를 통해 느낄 것이라고,

알지도 못하면서 함부로 말하지 말라고 한다.

그 인연이 세상 마지막 날까지 나를 잊지 않는다면

그것으로 충분하지 않느냐고 웃으며 말을 한다.

그 인연으로 인해 다시 소년의 마음으로 응원한다.

아직도 세상 어딘가에 분명히 있을 지고지순하고 헌신적인 사랑을,

그 사랑은 결코 헛되지 않을 것이라고 응원을 보낸다